KB032869

REBIRTH ACE 리버스 에이스

REBIRTH ACE 리버스 에이스 18

한승현 장편 소설

초판 1쇄 찍은 날 | 2018년 1월 23일
초판 1쇄 펴낸 날 | 2018년 1월 30일

지은이 | 한승현
펴낸이 | 예경원

기획 | 위시북스
편집책임 | 이규재
편집 | 이즈플러스

펴낸곳 | 예원북스
등록번호 | 제396-2012-000132호
등록일자 | 2012. 7. 25
KFN | 제1-211호

주소 | 경기도 고양시 일산동구 호수로 646-24 위너스21 II 빌딩 206A호 (우)10401
전화 | 031-819-9431 팩스 | 031-817-9432
E-mail | yewonbooks@naver.com

ⓒ한승현, 2016

ISBN 979-11-6098-759-1 04810
979-11-5845-486-9 (set)

※ 파본은 구입하신 서점에서 교환하여 드립니다.
※ 저자와 협의하여 인지를 붙이지 않습니다.
※ 이 책은 예원북스와 저작자의 계약에 의해 출판된 것이므로 무단 전재 및 유포, 공유를 금합니다.
※ 이 도서의 국립중앙도서관 출판시도서목록(CIP)은 서지정보유통지원시스템 홈페이지(http://seoji.nl.go.kr)와 국가자료공동목록시스템(http://www.nl.go.kr/kolisnet)에서 이용하실 수 있습니다.

REBIRTH ACE
리버스 에이스
WISHBOOKS MODERN FANTASY STORY
한승현 장편소설
18
정상에서
Wish Books

REBIRTH ACE
리버스 에이스

CONTENTS

127장 에이스라면 한정훈처럼(1) 7
128장 에이스라면 한정훈처럼(2) 25
129장 MVP 93
130장 프리미어 12(1) 127
131장 프리미어 12(2) 151
132장 프리미어 12(3) 169
133장 어차피 주인공은 한정훈(1) 191
134장 어차피 주인공은 한정훈(2) 209
135장 2024(1) 239
136장 2024(2) 253
137장 2024(3) 285
138장 2024(4) 299

127장
에이스라면 한정훈처럼(1)

월드 시리즈 6차전이 열리는 양키즈 스타디움의 분위기는 5회까지만 해도 찬물을 끼얹은 듯 조용했다.

"후우……."

선두 타자로 타석에 들어선 그린 버드가 길게 한숨을 내쉬었다.

마운드 위에서는 카일 브라운이 비스터 포지와 사인을 주고받고 있었다. 앞선 타석에 당한 삼진 때문일까. 카일 브라운의 입가에 웃음이 번졌다.

'얕보이는군.'

그린 버드는 입안이 썼다. 명색이 양키즈의 4번 타자인데 상대 투수에게 위압감을 주지 못한다는 사실이 화가 났다.

그런 그린 버드를 유혹하듯 카일 브라운의 초구가 몸 쪽으로 날카롭게 파고들었다.

퍼엉!

묵직한 포구음이 귓가에 울렸다. 하지만 구심의 스트라이크 콜은 울리지 않았다.

"후우……."

그린 버드는 다시 한숨을 내쉬었다.

공이 조금 낮긴 했지만 치지 못할 공은 아니었다. 솔직히 말하자면 저 빌어먹을 디셉션에 또다시 타이밍을 빼앗기고 말았다.

그런데 다행히도 공은 볼 판정을 받았다.

'내 방망이를 끌어내려 하겠지.'

그린 버드가 조심스럽게 방망이를 들어 올리는 순간.

팟!

카일 브라운이 힘껏 공을 내던졌다.

'서클체인지업!'

그린 버드는 단번에 구종을 알아챘다. 바로 전 타석에서 자신을 삼진으로 돌려세웠던 그 공이 날아오고 있었다.

하지만 그린 버드는 이를 악물었다.

원 볼. 볼카운트가 앞서가는 만큼 서두를 필요가 없다고 여겼다.

파바밧!

바깥쪽으로 빠져 나간 공이 비스터 포지의 미트 속에서 요동쳤다. 비스터 포치가 능청스럽게 미트를 스트라이크존으로 끌어 옮겼지만, 다행히도 구심은 속지 않았다.

"후우……."

그린 버드는 잠시 타석에서 벗어나 숨을 돌렸다.

초구 포심 패스트볼은 몸 쪽 볼.

2구 서클체인지업은 바깥쪽 볼.

'다시 몸 쪽으로 포심 패스트볼을 붙이거나 커브가 날아오거나.'

그린 버드가 머릿속을 정리했다. 카일 브라운의 투구 폼은 여전히 구역질이 날 만큼 더러웠지만 단조로운 구종 덕분에 노림수를 가져가는 게 가능했다.

노리는 공은 커브.

패스트볼을 노리는 타이밍에 귀신같이 날아들어 스트라이크를 잡아먹는 공이었다.

그린 버드가 방망이를 들어 올렸다. 몸 쪽으로 패스트볼이 붙는다면 버릴 생각이었다. 여전히 타이밍이 맞지 않아서 방망이 중심에 공을 맞힐 자신도 없었다.

하지만 비스터 포지는 그린 버드의 노림수를 패스트볼이라고 확신했다.

'2구째 체인지업을 걸렀어. 포심 패스트볼에 타이밍을 맞추고 있었던 게 틀림없어.'

비스터 포지가 손가락 네 개를 펼쳤다. 사인을 확인한 카일 브라운이 군말 없이 고개를 끄덕였다.

언론에서는 2차전 승리의 주역으로 카일 브라운을 꼽았다. 카일 브라운의 한정훈 못지않은 피칭이 자이언츠를 지옥 문턱에서 데리고 왔다고 호평했다.

하지만 정작 카일 브라운은 모든 공을 비스터 포지에게 돌렸다.

에디슨 범가너와 함께 자이언츠를 지탱해 주고 있는 올스타 포수. 이 영민한 포수의 리드 덕분에 카일 브라운은 작년에 이어 올해에도 월드 시리즈에서 승리할 수 있었다.

그리고 지금까지도 비스터 포지의 리드는 완벽했다.

탈삼진 4개, 땅볼 6개, 플라이 2개.

무안타, 무사사구, 무실점.

후아앗!

카일 브라운이 일말의 망설임도 없이 공을 내던졌다. 비스터 포지가 요구한 공이었다. 이 공이 얻어맞을 리 없다고 여겼다.

그런데…….

따악!

그린 버드의 번개 같은 스윙과 함께 타구가 센터 쪽으로 크게 뻗어나갔다.

“젠장!”

타구를 확인한 중견수 아렌 파간이 빠르게 뒷걸음질을 쳤다. 계속해서 하늘 높이 치솟아 오르는 타구를 보니 평범한 플라이로 끝날 것 같지 않았다.

‘이건 못 잡아!’

발밑을 따라다니던 잔디가 갑자기 사라지자 아렌 파간은 곧바로 리바운드를 준비했다. 느낌상 타구가 펜스에 맞고 튕겨 나올 것 같았다.

하지만 마지막 순간 바람을 탄 타구는 아렌 파간의 예상보다 훨씬 멀리 날아갔다. 그리고 기어코 담장 밖으로 사라져 버렸다.

–홈런! 그린 버드! 0 대 0의 침묵을 깨뜨립니다!

–양키즈 팬들, 환호합니다! 그래요! 바로 이 선수가 당신들이 그토록 원하던 오늘의 영웅입니다!

홈 팬들의 열렬한 환호 속에 그린 버드가 천천히 다이아몬드를 돌았다. 그리고 있는 힘껏 홈 플레이트를 짓밟았다.

"그린! 그린! 그린! 그린!"

"그린! 그린! 그린! 그린!"

관중들의 떼창이 양키즈 스타디움을 한참 동안 뒤흔들어 놓았다.

그 소리가 어찌나 요란스럽던지 카일 브라운은 반쯤 넋이 나가 버렸다.

"카일! 정신 차려! 고작 한 점이라고. 신경 쓰지 마!"

비스터 포지가 마운드에 올라와 카일 브라운을 달랬다.

벌써 5회다. 이 상황에서 솔로 홈런 하나 내준 건 아무것도 아니었다.

"알았어요."

카일 브라운도 애써 마음을 다잡았다. 비스터 포지가 아무것도 아니라면 아무것도 아닌 것이다.

상대는 4번 타자였고 올 시즌 42개의 타구를 담장 밖으로 날린 홈런 타자였다. 그저 재수 없게 커브를 얻어맞은 것뿐이라고 여겼다.

하지만 아무렇지 않다고 넘긴다고 해서 정말로 아무렇지 않게 되는 건 아니었다.

메이저리그 데뷔 2년 차의 신인이 월드 시리즈 우승에 1승이 남은 상태에서 마운드에 올라 선취점을 내줬는데 제대로 된 공을 던질 리가 없었다.

퍼엉!

초구 포심 패스트볼은 도망치듯 바깥쪽으로 빠져 나갔다.

팍!

2구째 던진 커브도 손에서 완전히 빠져 비스터 포지의 머리 위로 날아갔다.

파앗!

비록 볼 판정을 받았지만 3구째 던진 슬라이더는 그나마 아슬아슬했다. 우타자들을 상대로 결정구로 던져 오던 공이다 보니 확실히 제구가 되는 느낌이었다.

'슬라이더를 하나 더 던져 보자.'

제이크 햄튼을 힐끔 바라본 뒤 비스터 포지가 손가락을 세 개 폈다.

코스는 바깥쪽 꽉 차는 스트라이크.

혹시라도 또다시 공이 빠질까 봐 미트는 거의 한복판 쪽으로 옮겨두었다.

그런데 카일 브라운이 비스터 포지의 배려를 오해해 버렸다. 쓰리 볼이라는 볼카운트에 쫓긴 나머지 비스터 포지의 미트를 향해 슬라이더를 내던진 것이다.

'왔다!'

제이크 햄튼은 기다렸다는 듯이 방망이를 휘둘렀다. 카일 브라운이 볼카운트를 잡기 위해 한복판 포심 패스트볼을 던졌다고 생각했다.

그러나 이번에도 타이밍이 늦었다. 정말로 포심 패스트볼이 들어왔다면 방망이보다 한발 먼저 홈 플레이트를 스쳐 지날 상황이었다.

하지만 짓궂게도 카일 브라운이 던진 공은 포심 패스트볼이 아니라 슬라이더였다. 그 차이가 헛스윙을 장타로 바꿔 버렸다.

따악!

제이크 햄튼이 힘껏 잡아당긴 타구가 좌측 담장을 향해 빠르게 날아갔다. 좌익수 카일 톰슨이 이를 악물고 뒤쪽으로 내달렸지만, 타구는 그보다 먼저 담장을 넘겨 버렸다.

―백투백홈런입니다. 제이크 햄튼! 지금껏 카일 브라운에게 당했던 것을 톡톡히 갚아줍니다.

―이 점수는 큽니다. 자이언츠 더그아웃의 표정이 어두워지고 있습니다!

콕스 TV 중계진의 말처럼 불안함을 느낀 브라이언 보치 감독은 흔들리는 카일 브라운을 내리고 다급히 불펜을 가동했다.

불펜이 준비된 건 아니지만 양키즈 쪽으로 더 이상 분위기가 흐르지 않도록 틀어막아야 한다고 생각했다.

그러나 양키즈의 방망이는 쉽게 잠잠해지지 않았다.

6번 타자 더스티 애클 리가 바뀐 투수의 초구를 잡아당겨 2루타를 때려냈다.

뒤이어 타석에 들어선 카일 스위버도 카일 브라운에게 농락당했던 분풀이를 하듯 담장을 직격 하는 3루타를 때리며 팀의 세 번째 타점을 올렸다.

"타임!"

궁지에 몰린 브라이언 보치 감독이 또다시 투수를 바꿔봤지만 마찬가지였다. 바뀐 투수도 연속 3안타를 허용하며 전광판의 점수를 5 대 0으로 바꿔 놓았다.

"젠장할!"

브라이언 보치 감독이 아쉬움을 토해냈다.

월드 시리즈 우승컵이 바로 코앞에 있었는데 눈 깜짝할 사이에 저만치 달아나 버렸다.

그걸 다시 손에 넣기 위해 안간힘을 썼지만 양키즈 선발투수 하리모토 쇼타를 넘지 못하고 6차전을 양키즈에 내주고 말았다.

최종 스코어 9 대 1.

7.2이닝 4피안타 1실점 11탈삼진을 기록한 하리모토 쇼타가 승리 투수이자 MVP가 됐다.

"한정훈과 약속했습니다. 오늘 경기에서 이겨 7차전으로 바통을 넘겨주겠다고요. 이제는 한정훈 차례입니다. 약속대로 내일 우승 트로피를 들어 올렸으면 좋겠습니다."

하리모토 쇼타가 기쁜 얼굴로 인터뷰에 응했다. 누가 일본 출신 선수 아니랄까 봐 인터뷰 내용은 조심스러웠지만, 그의 표정은 이미 월드 시리즈 우승을 이룬 것처럼 상기되어 있었다.

결승타를 친 그린 버드와 3타점을 올린 제이크 햄튼의 표정도 마찬가지였다.

시리즈 스코어는 3승 3패로 동률이었다. 내일 승리의 여신이 어느 쪽으로 웃어줄지 알 수 없었지만, 제이크 햄튼은 물론이고 그린 버드조차 내일 경기의 승리를 조금도 의심치 않았다.

흥분을 주체하지 못하는 건 양키즈 팬들도 마찬가지였다.

ㄴ됐어! 됐다고!

ㄴ진짜 4회까지는 숨이 막혀 죽을 것 같았는데 이렇게 속시원하게 이길 줄이야!

ㄴ자이언츠! 이제 끝이야! 내일 한정훈이 너희를 짓밟아줄

테니까 거기서 딱 기다리고 있어!

ㄴ설마 내일 경기에서 한정훈을 무너뜨릴 수 있다고 착각하는 바보 멍청이들은 없겠지? 어디 모든 투수를 다 동원해 보라고! 어차피 우승 트로피는 우리 거니까!

모든 야구 사이트를 돌아다니며 승리에 대한 기쁨을 쏟아냈다.

다를 때 같으면 설레발 떨지 말라며 불쾌해 했을 다른 구단의 팬들도 이번만큼은 조용했다.

ㄴ자이언츠가 이기긴 힘들겠지?

ㄴ힘들지, 한정훈이잖아.

ㄴ한정훈이 뭐? 어떻다고? 한정훈도 인간이야. 오늘 경기에서 카일 브라운 홈런 두 방에 무너지는 거 못 봤어?

ㄴㅋㅋㅋ 야, 너는 지금 카일 브라운 따위를 한정훈과 비교하는 거야? 아메리칸리그 사이영상 2연패가 확실시되는 투수에게?

ㄴ아메리칸리그 사이영상뿐이야? 이대로 양키즈가 우승한다면 MVP는 한정훈이 가져갈 거라고.

ㄴ무슨 소리야? 투수는 사이영상, 타자는 MVP로 나눠 갖는 거 아니었어?

ㄴ그건 작년처럼 밀어줄 만한 선수라도 있을 때 이야기고. 올 시즌 아메리칸리그 타자 중에 한정훈의 MVP를 도둑질할 수 있는 타자가 누구야?

ㄴ내일은 그냥 맘 편하게 맥주를 마시면서 보라고, 어차피 우승은 양키즈야.

야구 전문가들조차 역사상 가장 긴장감 없는 7차전이 될지도 모른다고 우려했다.

"한정훈이 4차전에서 87구를 던졌습니다. 그리고 두 경기 연속 사흘을 쉬고 7차전에 등판합니다."

"그런데 과연 그게 한정훈의 투구에 영향을 미칠까요? 한정훈이 과연 몇 점이나 내줄까요? 한 점? 아니면 두 점? 그래요. 올 시즌 3점까지 내준 경기가 있으니 3실점을 했다고 칩시다. 그런데 자이언츠의 선발은 누구죠?"

"조시 버닝입니다. 홈경기에서는 무척 강하지만 원정 경기 성적은 암울한 투수죠."

"한정훈이 마운드에서 내려올 때까지 조시 버닝이 불타오른 양키즈 타선을 3실점 이하로 막아낼 수 있을까요? 글쎄요. 솔직히 저는 어렵다고 봅니다."

전문가들은 이구동성으로 양키즈의 승리를 점쳤다. 자이언츠의 기대처럼 설사 한정훈이 체력적인 한계를 드러내더라도 쉽게 무너지지는 않을 것이라고 예견했다.

"오빠, 부담스럽지 않아요?"

한정훈과 함께 TV를 보고 있던 모모코가 조심스럽게 물었다.

친오빠인 하리모토 쇼타의 호투 속에 양키즈가 6차전을 이긴 건 정말 기쁜 일이지만 한정훈에게 모든 짐을 떠넘기려는 분위기는 정말 싫었다.

그런 모모코의 진심이 전해져서일까. 한정훈이 가볍게 웃어 보였다.

"부담스럽지, 하지만 이런 부담이 싫지 않아."

"이런 부담이 어떤 부담인데요?"

"글쎄…… 기분 좋은 부담이랄까?"

"세상에 기분 좋은 부담도 있어요?"

모모코가 이해할 수 없다는 표정을 지었다. 그러나 한정훈은 주변의 기대와 관심을 통해 성취동기를 얻어왔다.

이번에도 마찬가지. 팬들은 물론이고 전문가들조차 내일 양키즈가 이길 가능성이 크다고 말했다. 그래서 한정훈은 내일, 그들의 판단이 생각이 틀리지 않았다는 것을 똑똑히 보여주고 싶었다.

물론 인간이기 때문에 혹시나 하는 불안감이 드는 건 어쩔 수 없었다. 예전에는 그런 불안감이 들 때마다 일부러 좋았던 때의 기억들을 떠올렸다.

이만큼 열심히 했으니 충분히 잘해 낼 수 있을 거라며 스스로를 달랬다.

하지만 지금은 모모코가 있어서 마음이 편했다. 누구보다 자신을 위하고 걱정해 주는 모모코를 보고 있자면 불안한 마음도 씻은 듯 사라져 버렸다.

"모모코, 이리 와봐."

"왜, 왜요?"

"왜는 무슨 왜야. 이리 와봐. 얼른."

한정훈이 가볍게 모모코의 팔을 잡아끌었다. 그러자 모모코가 못 이기는 척 한정훈의 품에 안겼다.

한정훈은 그런 모모코를 꼭 끌어안아 주었다. 모모코가 숨이 막힌다며 투덜거렸지만 놓아주지 않았다.

"이렇게 모모코를 안고 있으면 마음이 편안해져."

"정말요?"

"그럼. 지쳤던 몸과 마음이 치유 받는 느낌이야."

"그럼 마음껏 안아요! 그래야 내일 힘이 나죠."

"그럴까? 그럼 마음껏 안아볼까?"

"아, 아니. 오빠, 난 그런 뜻으로 한 말이……."

"알아, 모모코. 오빠도 그냥 마음껏 안고만 있을 거야."

모모코를 번쩍 안아 들고 한정훈이 침실로 들어갔다. 모모코가 잠시 다리를 바동거리며 반항했지만 푹신한 침대에 눕혀지자 언제 그랬냐는 것처럼 볼을 붉혔다.

"우리 아가씨가 왜 갑자기 얼굴이 빨개졌을까?"

"모, 몰라요."

"모르면 오빠가 알려줘야겠는데?"

한정훈의 얼굴이 천천히 모모코의 얼굴 쪽으로 향했다. 그러자 모모코가 반사적으로 입술을 내밀었다.

"모모코!"

그 유혹을 참지 못하고 한정훈이 모모코를 거칠게 끌어안았다.

야구를 사랑하는 모든 이가 긴장감으로 잠을 이루지 못하는 그 시각, 한정훈과 모모코는 누구보다 뜨겁게 사랑을 나누었다.

128장
에이스라면 한정훈처럼(2)

—양키즈 스타디움이 꽉 들어찼습니다.

—와우, 정말 발 디딜 틈조차 보이지 않네요. 이러다가 경기장이 무너지지는 않을까 걱정입니다.

—음…… 다른 날 같았다면 재미없는 농담이라고 무시했겠지만, 오늘은 그럴 수가 없을 거 같네요.

—그렇죠? 오늘 엄청난 소란이 일어날 것 같죠?

—그 소란이 양키즈 팬들에게 즐거운 소란을 의미하는 거라면…… 제 대답은 예스입니다.

—드디어 오늘 끝이 납니다. 양키즈가 이기든 자이언츠가 이기든 오늘로써 모든 게 끝납니다.

—오늘 한 팀은 메이저리그 역사에 길이 남을 승자가 될

것이고 다른 한 팀은 아쉽게 고배를 마신 패자로 기록될 겁니다.

—그리고 개인적으로, 저는 양키즈가 승자가 되길 바랍니다.

—저도 같은 생각입니다. 양키즈, 올 시즌 정말 잘해왔습니다. 메이저리그를 통틀어 가장 많은 승리를 거두었고요. 누구보다 승자가 될 자격이 충분합니다.

—그리고 그 대미를 장식할 투수가 지금 마운드 위에 오르고 있습니다.

—양키즈의 에이스! 한정훈입니다!

양키즈 중계진의 거창한 멘트와 함께 중계 카메라에 한정훈의 모습이 비쳤다.

새벽까지 모모코와 격정적인 사랑을 나누었지만, 마운드에 선 한정훈의 얼굴에서는 아무런 피로감도 느껴지지 않았다.

오히려 한정훈의 연습구를 받은 아담 앤더슨은 엄지를 치켜들었다. 미트를 파고드는 느낌이 한창 컨디션이 좋을 때만큼이나 짜릿하게 전해졌기 때문이다.

퍼엉! 퍼엉!

심상치 않은 포구 소리는 자이언츠의 더그아웃까지 울려

펴졌다.

"젠장, 환장하겠군."

"저 녀석은…… 지치지도 않는 거야?"

자이언츠 타자들이 질린 눈으로 한정훈을 바라봤다.

두 경기 연속 사흘 휴식 후 등판이었다. 중간에 6시간 반짜리 비행시간이 끼어 있었으니 실질적인 휴식은 이틀이 조금 넘는 정도였다.

게다가 월드 시리즈 마지막 경기였다. 팀의 우승이 자신의 어깨에 달려 있다면 긴장감에 제대로 공을 던지기 어려워야 정상이었다.

그런데 한정훈은 조금의 흔들림조차 없었다. 아렌 파간에게 내던진 초구마저 바깥쪽 구석에 정확하게 찔러 넣으며 스트라이크를 잡아냈다.

"후우……."

아렌 파간이 길게 한숨을 내쉬었다.

지난 4차전에서 한정훈에게 타점을 뽑아낸 타자가 다름 아닌 아렌 파간이었다.

2사 3루 상황에서 기가 막힌 스퀴즈 번트를 성공시키며 한정훈에게 통산 두 번째 안타를 만들어냈다.

통산 기록 5타수 2안타.

샌프란시스코 언론들은 한정훈 킬러인 아렌 파간이 공격

의 포문을 열어야 한다고 말했다.

한정훈도 아렌 파간에게 쉽게 공을 던지지 못할 테니 타석에서 침착함을 유지해야 한다고 덧붙였다.

타석에 들어서면서 아렌 파간도 한정훈의 유인구를 조심해야겠다고 마음먹었다. 그런데…….

퍼엉!

초구는 물론이고 2구마저 스트라이크존을 정확하게 통과했다.

아렌 파간의 시선이 전광판으로 향했다.

103mile/h(≒165.7㎞/h).

전광판에 찍힌 세 자리 숫자가 아렌 파간을 당혹스럽게 만들었다.

'100마일도 안 나올 거라더니…….'

아렌 파간의 시선이 더그아웃에 서 있던 타격 코치 쪽으로 향했다. 그러자 타격 코치가 멋쩍은 듯 고개를 돌려 버렸다.

한정훈은 지쳤다.

1회 포심 패스트볼 구속이 100마일도 안 나올 거다.

체력적으로 버텨봐야 6회가 한계다.

한정훈의 투구 수를 늘리면 경기 후반에 분명 기회가 찾아올 것이다.

코칭스태프는 앞다투어 한정훈을 두려워하지 말라고 말했다. 한정훈도 인간인 이상, 지치고 흔들리고 무너질 것이라며 선수들을 독려했다.

1번 타자로서 아렌 파간은 코칭스태프의 말이 실현되길 기대했다. 하지만 초구와 2구만 놓고 봤을 때 코칭스태프의 바람이 현실이 될 가능성은 없어 보였다.

"후우……."

다시금 길게 숨을 고르며 아렌 파간이 방망이를 들어 올렸다.

초구와 2구. 모두 바깥쪽으로 들어왔다.

그렇다면 3구는 몸 쪽을 파고들 가능성이 컸다.

'어떻게든 타이밍을 맞춰야 해.'

아렌 파간이 타격 리듬을 끌어올렸다. 찰나의 순간이 타격의 결과를 바꿔놓는 만큼 어떻게든 한정훈의 구속을 따라잡아야 했다.

그러나 한정훈의 손끝을 떠난 공은 몸 쪽 포심 패스트볼도, 그렇다고 바깥쪽 포심 패스트볼도 아니었다.

커브.

아렌 파간이 한정훈에게 첫 안타를 빼앗아 냈던 바로 그 커브가 그때와 똑같이 한복판으로 날아왔다.

"크으윽!"

포심 패스트볼에 대비하고 있던 아렌 파간은 방망이를 내밀지 못했다.

스트라이크존을 통과할 거라고, 어떻게든 걷어내야 한다고 이성은 말했지만 이미 무너진 밸런스로는 도저히 공을 맞혀낼 자신이 없었다.

그사이 너울너울 날아든 공이 뚝 하고 떨어지더니 아담 앤더슨의 미트 속에 파묻혔다.

"스트라이크, 아웃!"

구심이 단호하게 오른팔을 들어 올렸다.

월드 시리즈 7차전. 고작 2년 차 투수가 던진 높은 커브라면 한 번쯤 볼을 선언할 만도 했지만 구심은 어림없었다.

"이게 왜 스트라이크예요!"

아렌 파간이 억울하다는 표정을 지었다. 구심의 삼진 판정을 되돌릴 수는 없겠지만 다른 동료들이 이 공에 당하지 않도록 어필해 둘 필요가 있었다.

"제정신이야? 도대체 뭘 보고 있는 거야!"

브라이언 보치 감독도 다급히 더그아웃을 뛰쳐나와 구심을 압박했다.

모두가 지켜보는 월드 시리즈 7차전이다. 이 정도 항의로 퇴장되지 않는다는 걸 누구보다 잘 알기에 평소보다 거칠게 밀어붙였다.

하지만 구심은 눈 하나 까딱하지 않았다.

이곳은 양키즈 스타디움이다. 그리고 마운드에 서 있는 투수는 양키즈의 에이스 한정훈이었다.

양키즈가 자이언츠처럼 3선발급 투수를 내세웠다면 몰라도 한정훈이라면 이야기는 달랐다.

한정훈은 아메리칸리그 최고의 투수다. 메이저리그를 통틀어도 마찬가지였다. 게다가 제구 능력은 비교 대상조차 없었다.

오죽했으면 한정훈이 구심 판정에 고개를 갸웃거리는 모습이 전국 방송으로 송출될 정도였다.

살짝 높은 감이 없지 않았지만, 한정훈급 투수가 던진 공이 스트라이크와 볼의 경계에 걸쳐 있다면 스트라이크를 잡아주는 게 옳았다. 그건 자신뿐만 아니라 모든 심판에게 통용되는 룰이었다.

"스트라이크 맞아요."

"뭐?"

"스트라이크 맞다고요! 계속 이런 식으로 나오면 퇴장시킬 겁니다! 전국에 중계 중이라고 제가 못 시킬 거 같아요?"

구심이 강하게 나오자 브라이언 보치 감독도 물러설 수밖에 없었다. 1회 초. 이제 겨우 첫 타석이 끝이 났는데 구심을 적으로 돌려봐야 좋을 건 하나도 없었다.

그렇게 소란은 일단락됐다. 그리고 2번 타자 조이 패닉이 타석에 들어섰다.

–조이 패닉, 한정훈을 상대로 성적이 좋지 않습니다.

–5타수 무안타입니다. 그리고 삼진을 세 개나 당했습니다.

–1번 타자 아렌 파간이 삼진으로 물러난 만큼 조이 패닉이 테이블세터로서의 책임감을 보여줄 필요가 있을 것 같습니다.

–앞선 타석에 비춰봤을 때 실투가 들어오길 기다리는 건 무의미한 짓입니다. 그보다는 더 빠른 볼카운트에서 승부를 보는 게 좋을 것 같습니다.

ESPM 중계진은 볼카운트가 몰리게 된다면 또다시 삼진을 당하게 될 것이라고 경고했다.

한정훈이 지치길 기다리며 쓸데없이 공을 흘려보내는 게 타격에 결코 도움이 되지 않는다고 판단한 것이다.

하지만 한정훈에 대한 자신감이 없던 조이 패닉은 코칭스태프의 주문대로 초구와 2구를 걸러냈다.

그 과정에서 전광판 스트라이크 램프에 모두 불이 들어왔지만, 자신의 선택을 후회하지 않았다.

초구에 들어온 몸 쪽 꽉 찬 공은 도저히 칠 엄두가 나지 않는 공이었다.

2구째 바깥쪽으로 휘어져 들어온 투심 패스트볼도 마찬가지. 오른손 타자에게 재앙 같은 공이라는 평가처럼 팔을 쭉 내밀어도 닿지 않을 것 같았다.

애당초 조이 패닉이 노리는 공은 패스트볼이 아니었다. 한정훈이 경기 초반에 패스트볼 위주로 투구를 이어간다는 걸 모르지는 않지만, 첫 타석 때 아렌 파간을 상대로 커브를 던진 만큼 자신에게도 변화구가 날아들지 모른다고 여겼다.

'체인지업. 제발 체인지업 좀 던져 줘.'

마음속 간절히 체인지업이 들어오길 바라며 조이 패닉이 방망이를 들어 올렸다. 그러나 아담 앤더슨이 요구한 공은 바깥쪽 스트라이크존을 꿰뚫는 빠른 공이었다.

퍼엉!

한정훈의 손끝을 빠져 나온 공이 순식간에 홈 플레이트를 지나 아담 앤더슨의 미트 속에 파묻혔다. 자연스럽게 ESPM 중계석에서 탄성이 터져 나왔다.

—한정훈! 바깥쪽 꽉 찬 공으로 조이 패닉을 잡아냅니다!

—정말…… 할 말을 잃게 만드는 공입니다.

—아름답죠. 아름다운 공입니다. 조이 패닉의 시야에서는 한복판에서 바깥쪽으로 순식간에 공이 사라져 버렸을 겁니다.

—공의 궤적 상 바깥으로 빠져 나갈 것 같은데 한정훈이 던진 공은 대부분 스트라이크존을 정확하게 통과해 버립니다.

—브라이언 보치 감독, 이 공에 대해서는 불만이 없을까요?

—하하. 이건 불만을 가질 수가 없는 공이죠.

혹시라도 브라이언 보치 감독처럼 구심의 스트라이크존을 의심할까 봐 중계석에서 연속해서 삼진 장면을 보여주었다.

정면으로. 측면으로. 1루 쪽으로. 3루 쪽으로.

어떤 각도에서 봐도 한정훈의 3구는 정확하게 스트라이크존을 통과했다.

그사이 3번 타자 카일 톰슨이 타석에 들어왔다.

한정훈 상대 성적은 5타수 1안타.

행운의 안타를 하나 때려내긴 했지만, 중심 타자의 역할은 전혀 수행하지 못하고 있었다.

'빨리 잡고 끝내자.'

아담 앤더슨은 초구로 몸 쪽 높은 공을 주문했다.

공이 제대로 들어간다면 우타자인 카일 톰슨의 눈에는 얼굴로 달려드는 듯한 느낌이 들 코스였다.

한정훈은 군말 없이 고개를 끄덕였다. 몸 쪽 하이 패스트볼이라면 3번 타자로서 뭔가 해내야 한다는 중압감이 표정으로까지 드러나는 카일 톰슨의 방망이를 충분히 끌어낼 수 있을 것 같았다.

"후우……."

길게 숨을 내쉬며 한정훈이 3루 측 더그아웃을 바라봤다. 1차전 때까지만 하더라도 자신을 매서운 눈으로 노려보던 자이언츠 선수들이 하나같이 굳은 얼굴로 자리에 앉아 있었다.

그 위쪽에 자리 잡은 자이언츠 원정 팬들의 반응도 별반 다르지 않았다.

극성맞기로 유명한 양키즈 스타디움까지 찾아올 정도라면 한정훈을 향해 야유라도 쏟아내야 정상이건만 다들 반쯤 얼이 빠져 있었다.

한정훈의 시선이 3루 측을 지나 홈 플레이트 쪽으로 향했다.

순간 3번 타자 카일 톰슨이 반사적으로 방망이를 꿈틀거렸다. 하지만 그보다 먼저 한정훈이 투수판을 박차고 앞으로 나갔다.

후아앗!

한정훈의 손끝을 빠져 나온 공이 곧장 카일 톰슨의 얼굴 쪽으로 날아들었다.

어지간한 타자들이라면 움찔거리며 놀라 고개를 돌려 버릴 만한 코스였다. 하지만 몸 쪽 공을 잡아당겨 수많은 장타를 만들어냈던 카일 톰슨은 달랐다.

'들어왔다!'

카일 톰슨이 이를 악물고 방망이를 휘둘렀다. 그보다 먼저 공이 홈 플레이트를 스치고 아담 앤더슨의 미트에 박혔지만 카일 톰슨은 자신이 속았다는 생각을 전혀 하지 않았다.

'젠장! 늦었어.'

카일 톰슨은 손바닥으로 방망이 헤드를 치며 아쉬워했다.

조금만 더 스윙이 빨랐다면. 조금만 더 스윙이 간결했다면! 한정훈을 상대로 큼지막한 장타를 때려낼 수 있었을 텐데.

진한 아쉬움이 얼굴 가득 퍼졌다.

그러나 ESPM 중계진은 카일 존슨이 독이 든 사과를 받아먹었다고 말했다.

—카일 톰슨, 방금 공은 골라냈어야 했습니다.

—한정훈과 아담 앤더슨의 유인구에 속아 넘어가고 말았네요.

—한정훈의 몸 쪽 하이 패스트볼이 카일 톰슨의 스트라이크존을 무너뜨린 것 같은 느낌입니다.

—확실히 그럴 목적으로 던졌겠죠. 하지만 카일 톰슨은 자신만의 착각에 빠져 있을지 모릅니다.

—한정훈의 공이 눈에 들어왔다고 말이죠?

—이제 2구가 기대되는데요. 한정훈이 또다시 하이 코스를 노릴지, 아니면 극과 극의 공을 던질지 지켜보겠습니다.

ESPM 중계진의 말이 끝나기가 무섭게 한정훈이 투수판을 박차고 앞으로 나갔다. 그와 동시에 아담 앤더슨이 살짝 몸을 일으켜 세웠다.

후아앗!

한정훈의 손끝을 빠져 나간 공이 이번에는 바깥쪽 높은 코스로 날아들었다.

초구를 침착하게 걸러냈다면 볼이라고 알아챌 만한 공이었다. 하지만 카일 톰슨은 이번에도 뭔가에 홀리듯 방망이를 휘돌렸다.

퍼엉!

스윙보다 한발 먼저 공이 아담 앤더슨의 미트 속에 파묻혔다. 카일 톰슨이 초구보다 더 빨리 방망이를 휘둘러 봤지만, 최단거리로 날아든 한정훈의 포심 패스트볼 역시 초구보다 더 빨리 홈 플레이트를 스쳐 지났다.

"스트라이크!"

가볍게 주먹을 들어 올리며 구심이 카일 톰슨을 바라봤다.

"후우……."

카일 톰슨은 무척이나 아쉬운 표정을 짓고 있었다. 마치 자신이 어떤 공에 방망이를 휘둘렀는지 전혀 인지하지 못하는 것 같았다.

아마 이 모습을 TV 중계로 봤다면 카일 톰슨이 말도 안 되는 공에 방망이를 휘두른 것처럼 보일지 몰랐다. 하지만 구심은 카일 톰슨의 스윙이 충분히 이해가 됐다.

'한정훈이니까.'

한정훈이 내던진 초구와 2구의 릴리즈 포인트는 똑같았다. 두 개의 공만 같은 게 아니라 오늘 던진 모든 공의 릴리스 포인트가 거의 동일 지점에서 형성되고 있었다.

그리고 한정훈이 던진 공은 대부분 스트라이크존 주변에서 놀았다. 의도적인 공들을 제외하고 특별히 스트라이크존을 과하게 벗어나는 결과물은 없다시피 했다.

초구로 인해 타격 밸런스가 무너진 카일 톰슨의 눈에도 한정훈의 공은 스트라이크존으로 날아드는 것처럼 보였다.

상대가 한정훈이다 보니 자신에게 초구와 2구 연속 높은 볼을 던질 거라고 생각하지 않았다.

한정훈은 그런 카일 톰슨의 심리를 철저하게 이용했다.

'이건 카일 톰슨이 멍청한 게 아니야. 한정훈이 잔인한 거라고.'

마른침을 꿀꺽 삼키며 구심이 자세를 낮췄다. 그러자 한정훈이 기다렸다는 듯이 공을 내던졌다.

후아앗!

한정훈의 손끝을 빠져 나간 공이 또다시 높은 쪽으로 날아왔다. 다른 투수 같았으면 낮은 코스의 공을 던져 카일 톰슨을 꼼짝 못 하게 만들었겠지만, 한정훈은 달랐다.

카일 톰슨과의 맞대결은 아직 끝난 게 아니었다.

오늘 경기 완투를 할 생각이라면 최소 두 번, 3명 이상 출루시킬 경우 세 번.

남은 타석에서도 승기를 잡기 위해 또다시 몸 쪽 하이 패스트볼을 선택한 것이다. 그리고.

후웅!

카일 톰슨은 이번에도 방망이를 휘두르고 말았다.

"스트라이크, 아웃!"

아담 앤더슨의 미트 속에 공이 들어 있다는 걸 확인한 뒤 구심이 요란스럽게 삼진을 외쳤다.

–한정훈, 세 타자를 연속 삼진으로 잡아냅니다.
–오늘 경기가 왠지 한정훈의 독무대가 될 것 같은 예감이 듭니다.

중계 카메라에 잡힌 한정훈이 천천히 마운드에서 걸어 내려왔다. 그사이 부지런히 달려온 야수들이 차례대로 한정훈의 엉덩이를 때리고 더그아웃으로 들어갔다.
"한! 한! 한! 한!"
"한! 한! 한! 한!"
양키즈 스타디움을 가득 메운 관중들은 자리에서 일어나 한정훈에게 기립 박수를 보냈다. 그러면서 입으로 한정훈의 성을 연호했다.
한 콜.
경기 막판, 한정훈이 상대 팀의 중심 타선을 틀어막고 승리를 거의 확정 지을 때나 나오던, 한정훈을 향한 숭배에 가까운 떼창이 1회 초부터 터져 나온 것이다.
"봤어? 세 타자 연속 삼진이라고!"
"구속은 어떻고? 103마일까지 나왔어!"
"100마일도 안 나올 거라고 떠들어 대던 놈들은 대체 누구야?"

"하하. 나는 아무 걱정 안 했다고. 솔직히 한정훈의 구속이 100마일이 안 나와도 상관없잖아?"

"하긴, 한정훈인데 그깟 구속이 중요해?"

"오늘 한정훈의 컨디션이 엄청 좋아 보이니까 이제 마음 편히 야구 봐도 되겠어."

올 시즌 블루제이스와의 홈경기에서 패배하며 한정훈의 홈 무패 기록은 깨졌다.

하지만 1회 초 세 타자 연속 삼진을 잡아냈을 때 패배하지 않았다는 재미난 기록은 여전히 유지 중이었다.

한정훈의 컨디션이 나쁘면 어쩌나 걱정했던 양키즈 타자들도 마음을 놓았다.

그렇다고 긴장까지 풀어진 건 아니지만 경기 초반에 점수를 뽑아내겠다며 조급해 할 필요는 없을 것 같았다.

"마운드에 선 투수를 봐. 자이언츠의 에이스 에디슨 범가너도 아니고 우리를 괴롭혀 왔던 건방진 카일 브라운도 아냐. 조시 버닝이라고. 던질 줄 아는 공이 포심 패스트볼과 슬라이더, 커브밖에 없는 메이저리그 3년 차 투수일 뿐이야. 저 녀석이 설마 한정훈처럼 보이는 건 아니겠지? 월드 시리즈 마지막 경기야. 하지만 그게 어때서? 승패를 떠나 즐기라는 개소리 따윈 안 해. 우린 이길 거야. 한정훈이 우릴 이기

게 해줄 거라고. 그러니까 자신 있게 방망이를 휘둘러. 양키즈답게 싸우라고!"

조지 지라디 감독을 대신해 선수들을 불러 모은 로비 토마스 코치도 상기된 표정을 감추지 않았다.

특히나 승리를 자신하는 대목에서는 한 치의 흔들림조차 없었다. 한정훈이 버티는 한 절대 지지 않는다고 굳게 믿는 것이다.

자연스럽게 그 믿음은 양키즈 선수들에게까지 전해졌다.

"후우……."

브라이언 리는 친천히 타석에 들어섰다. 서두를 것 없이 평소의 루틴대로 타격 준비 자세를 마치고 슬그머니 방망이를 들어 올렸다.

순간, 마운드에 선 조시 버닝의 표정이 굳어졌다. 브라이언 리가 자신의 호흡을 무너뜨리기 위해 일부러 시간을 끌었다고 오해한 것이다.

그 결과 초구는 몸 쪽 높게 들어왔다. 누가 봐도 빈볼에 가까운 위협구였다.

비스터 포지가 이를 악물고 잡아냈으니 망정이지 공이 빠져 나가 브라이언 리의 헬멧을 맞췄다면 양키즈 스타디움이 아수라장으로 변할 뻔했다.

하지만 브라이언 리는 애써 마음을 다잡았다.

'불안한 거야, 이 흐름이.'

브라이언 리가 다시 느긋하게 타석에 들어섰다. 조시 버닝이 빨리 들어오라며 표정으로 불만을 터뜨렸지만, 신경 쓰지 않았다.

월드 시리즈 7차전이다. 오늘 이긴 팀이 2023시즌 월드 시리즈 챔피언이라는 영예를 차지하게 된다.

이런 큰 경기에서 이기려면 분위기에 휩쓸려서는 안 된다.

'정훈처럼 침착하게. 내 페이스대로…….'

브라이언 리는 머릿속으로 한정훈을 떠올렸다. 그 순간 조시 버닝의 포심 패스트볼이 또다시 몸 쪽으로 날아들었다.

초구처럼 노골적으로 붙이지는 않았지만, 스트라이크보다는 볼에 가까운 공이었다.

사전에 노리고 있었다면 몰라도 괜히 어정쩡한 타이밍에 건드려 봐야 좋을 거 하나 없는 코스였다.

볼카운트를 손해 봤다고 여긴 비스터 포지가 승부를 보기 위해 유도한 공이었다.

이 공에 손을 댄다면 잠시 흥분했던 조시 버닝만 이득을 볼 뿐이었다.

'내가 원하는 공만 친다.'

브라이언 리는 반사적으로 움직이려는 방망이를 힘껏 붙들어 세웠다. 그사이 공은 브라이언 리의 어깨 옆을 지나 비스터 포지의 미트 속에 파묻혔다.

퍼억!

비스터 포지가 마지막 순간 공을 찍어내려 봤지만 구심은 눈 하나 까딱하지 않았다.

이후 비스터 포지가 두 개의 유인구를 더 유도했지만 브라이언 리는 휘둘리지 않고 당당히 1루 베이스를 밟았다.

무사 주자 1루.

"젠장할!"

시작부터 위기에 몰려 버린 조시 버닝의 얼굴이 벌겋게 달아올랐다.

"조시 버닝이 흔들리는데요?"

로비 토마스 벤치 코치가 눈을 빛냈다.

"이제 고작 3년 차 투수잖아. 월드 시리즈 7차전이 부담스러운 게 당연하지."

조지 지라디 감독이 당연하다는 투로 말했다.

"우리 에이스는 2년 차인데요?"

"한정훈은 예외야. 타고난 강심장이라고. 저런 루키들과 비교한다는 것 자체가 무례한 짓이지."

"그럼 어떻게 할까요? 작전을 걸어요?"

로비 토마스 코치가 조지 지라디 감독을 바라봤다.

1회 말이긴 하지만 무사에 주자가 나갔다. 게다가 조시 버닝이 잔뜩 흥분한 상태였다.

선취점을 뽑아내서 한정훈의 어깨를 가볍게 만들어줘야 한다면 지금이 적기였다.

"걸어."

조지 지라디 감독도 군말 없이 고개를 끄덕였다. 하지만 그가 생각한 작전은 로비 토마스 코치가 염두에 둔 작전과 달랐다.

"번트죠?"

"아니, 페이크 번트 앤드 슬러시."

"그러다 죽으면요?"

"괜찮아. 오늘 경기는 한정훈이 지켜줄 거니까."

조지 지라디 감독은 자신의 작전을 밀어붙였다.

선발투수가 한정훈이고 월드 시리즈 7차전이라면 안전하게 한 점을 뽑으려 들 거라 확신할 자이언츠 벤치의 허를 찌를 생각이었다.

브라이언 보치 감독은 브라이언 리가 1루로 나가자 바로 사인을 냈다.

"정말 번트를 댈까요?"

"댈 거야. 선취점이 얼마나 중요한지 알 테니까."

"번트가 아니면요?"

"그럼 우리야 고맙지. 확률적으로 나머지 작전이 통할 가능성은 적으니까.”

브라이언 보치 감독의 머릿속이 복잡하게 돌아갔다.

선취점이 중요한 상황에서 타격감이 좋지 않은 비비 그레고리우스에게 강공을 지시할 확률은 낮았다.

그렇다면 남은 건 번트였다. 히트 앤드 런이나 런 앤드 히트는 생각보다 변수가 많았다.

물론 번트가 아닐 가능성도 배제하긴 어려웠다. 하지만 모든 상황에 전부 대처하기란 불가능한 일이었다.

브라이언 보치 감독은 조지 지라디 감독이 번트 사인을 낼 가능성이 가장 크다고 여겼다. 그래서 자이언츠 내야수들에게 번트에 대비하라는 지시를 냈다.

벤치의 사인을 확인한 비스터 포치도 비비 그레고리우스의 몸 쪽으로 미트를 붙여넣었다.

98mile/h(≒157.7㎞/h)에 달하는 조시 버닝의 포심 패스트볼이라면 작전 수행 능력이 좋은 비비 그레고리우스라 해도 쉽게 번트를 대지 못할 것이라 여겼다.

“후우…….”

길게 숨을 고르며 조시 버닝이 천천히 고개를 끄덕였다. 그리고는 비스터 포지의 미트를 향해 힘껏 공을 내던졌다.

후아앗!

조시 버닝의 손끝을 빠져 나간 공이 곧장 비비 그레고리우스의 몸 쪽으로 날아들었다. 그러자 투구와 동시에 번트 자세를 취했던 비비 그레고리우스가 기다렸다는 듯이 방망이를 휘돌렸다.

따악!

방망이 밑동에 걸린 타구가 곧장 1, 2루 간으로 뻗어나갔다.

정상 수비였다면 2루수 정면에 걸릴 만한 코스였다. 하지만 전진 수비에 들어간 1루수를 대신해 1루 베이스 쪽으로 움직였던 2루수 조이 패닉은 자신의 옆을 빠져 나가는 공을 지켜볼 수밖에 없었다.

"돌아! 돌아!"

그사이 발 빠른 브라이언 리는 2루를 지나 3루로 내달렸다.

우익수 크리스 미첼이 전진 수비 중이라 잘못했다간 3루에서 잡힐 수도 있었지만 3루 코치 조이 에스파는 망설이지 않고 팔을 휘돌렸다.

다행히도 크리스 미첼의 송구가 빗나가면서 브라이언 리는 3루에 안착했다.

그리고 그사이 1루 주자 비비 그레고리우스가 2루를 파고들면서 무사 1, 2루의 상황이 무사 2, 3루로 바뀌고 말았다.

"그렇지!"

"비비! 바로 그거야!"

양키즈 더그아웃은 끝내기 안타라도 터진 것처럼 들썩거렸다.

무사 2, 3루 상황에서 3번 타자 요하니스 페데즈가 타석에 들어오고 있었다. 그 뒤로 4번 타자 그린 버드와 5번 타자 제이크 햄튼이 대기 중이었다.

중심 타선 앞에 가장 완벽한 밥상이 차려졌다. 게다가 요하니스 페데즈는 이런 밥상을 가장 잘 찾아 먹는 타자 중 한 명이었다.

"페데즈! 맘껏 휘둘러!"

"병살 없다고! 그러니까 부담 갖지 마!"

위풍당당하게 타석에 들어선 요하니스 페데즈를 향해 관중들이 크게 소리쳤다.

요하니스 페데즈는 올 시즌 팀에서 가장 많은 병살타를 기록 중이었다. 배드볼 히터에 워낙에 공격적으로 타석에 임하다 보니 상대 배터리의 노림수에 자주 걸려들곤 했다.

그래서 팬들은 1루에 주자가 있을 때 요하니스 페데즈가 타석에 들어서는 걸 가장 불안해 했다.

몇몇 팬은 요하니스 페데즈가 생각 없이 무턱대고 방망이를 휘두른다며 불만을 쏟아내기도 했다.

하지만 1루가 비워진 득점권 상황에서라면 이야기는 달랐다. 스코어링 포지션에 타자를 뒀을 때 요하니스 페데즈는 양키즈 타자 중 가장 높은 타율을 기록했다.

시즌 타율 0.288.

득점권 타율 0.425.

팬들은 요하니스 페데즈를 쿠바산 타점 머신이라 불렀다. 그리고 그 별명에 응답하듯 요하니스 페데즈는 조시 버닝의 2구째 슬라이더를 인정사정없이 잡아당겨 버렸다.

따악!

방망이 중심에 정확하게 걸린 타구가 좌익수 쪽으로 쭉쭉 뻗어 나갔다.

좌익수 카일 톰슨이 이를 악물고 공을 쫓았지만, 타구는 펜스 상단을 때리고는 달려들던 카일 톰슨의 머리를 넘겨 다시 필드 안쪽으로 되돌아왔다.

맞는 순간부터 장타를 확신한 타구라 3루 주자 브라이언 리와 2루 주자 비비 그레고리우스는 여유롭게 홈을 밟았다.

그리고.

"달려! 달려!"

또다시 미친 듯이 팔을 돌리는 3루 코치 조이 에스파의 신호를 받으며 요하니스 페데즈가 2루를 지나 3루를 향해 몸을 날렸다.

촤라라락!

흙먼지를 일으키며 미끄러진 요하니스 페데즈의 오른팔이 3루 베이스에 닿았다. 그리고 한참이 지나서야 좌익스 카일 톰슨이 내던진 공이 3루수 마크 머피의 글러브 속으로 들어왔다.

–요하니스 페데즈! 펜스를 직격 하는 3루타를 때려냅니다!

–쿠바산 타점 머신이 또다시 진가를 발휘해 냅니다!

양키즈 중계진이 목이 찢어져라 함성을 내질렀다.

큼지막한 외야 플라이만 때려줘도 고마울 상황에서 선제 2타점 3루타를 때려냈으니 요하니스 페데즈를 칭찬하지 않을 수가 없었다.

게다가 다음 타석에는 팀 내에서 희생플라이 타점이 가장 많은 4번 타자 그린 버드가 기다리고 있었다.

"더는 점수를 내줘서는 안 돼! 그린 버드를 걸러!"

다급해진 브라이언 보치 감독이 고의사구 사인을 냈다. 두 점도 치명적인데 3루 주자까지 홈으로 들여보낸다면 오늘 경기는 해보나 마나였다.

사인을 확인한 비스터 포치는 대놓고 바깥쪽 공을 요구했다.

조시 버닝이 불만 가득한 표정을 지었지만, 월드 시리즈 7차전에서 제 성질만 부릴 수는 없는 노릇이었다.

"볼!"

연달아 4개의 볼을 지켜본 그린 버드가 천천히 1루로 걸어나갔다.

무사 1, 3루.

그리고 5번 타자 제이크 햄튼의 차례가 돌아왔다.

제이크 햄튼이 타석에 들어서자 관중석이 조용해졌다. 제이크 햄튼은 월드 시리즈에서 최악의 부진을 겪고 있었다.

전 경기에 출전했지만 26타수 3안타. 타율이 0.115에 그쳤다.

그러나 조지 지라디 감독은 제이크 햄튼을 흔들지 않았다. 올 시즌은 다소 부진할 수 있지만 이렇게 경험을 쌓으면 내년 포스트시즌에는 제 몫을 해줄 것이라 기대했다.

게다가 제이크 햄튼은 요하니스 페데즈만큼이나 찬스에 강했다. 안타 3개로 2타점을 올렸다. 디비전시리즈와 챔피언십 시리즈에서도 각각 5타점, 8타점을 기록하며 양키즈 공격의 선봉에 섰다.

"제이크! 병살타를 쳐도 좋으니 네 스윙을 해. 기죽지 말라고!"

조지 지라디 감독의 독려가 3루 코치를 통해 제이크 햄튼에게 전해졌다.

"후우……."

제이크 햄튼이 길게 한숨을 내쉬었다.

말은 쉬웠지만, 자이언츠 내야수들이 다들 전진 수비를 하는 상황에서 안타를 때려낼 길조차 보이지 않았다.

어지럽게 그라운드 이곳저곳을 돌아다니던 제이크 햄튼의 시선이 이내 더그아웃에 앉아 있는 한정훈에게 향했다.

양키즈로 처음 이적한 순간부터 믿고 따랐던 한정훈이라면 자신에게 힘을 줄 것 같았다.

그런 제이크 햄튼의 시선이 전해진 것일까.

한정훈이 주먹 쥔 손으로 제 가슴을 탕탕 두드리더니 손등에 키스를 했다.

그건 제이크 햄튼의 홈런 세리머니였다. 올 시즌이 끝나고 결혼을 하겠다고 발표한 제이크 햄튼이 홈런을 때릴 때마다 약혼자에게 바치는 사랑의 세레나데였다.

'정훈……!'

제이크 햄튼이 질근 입술을 깨물었다. 그저 자신을 위로하기 위해 따라 한 제스처일지 몰라도 제이크 햄튼에게는 그 어떤 말보다 힘이 됐다.

'정훈은 내가 홈런을 칠 거라고 믿고 있어. 그러니까 칠 거야. 쳐야 해! 양키즈의 중심 타자로서 뭔가 보여줘야 한다고!'

제이크 햄튼이 단단히 방망이를 움켜쥐었다. 그리고 매서운 눈으로 조시 버닝을 노려봤다.

'저 자식이!'

조시 버닝도 질근 입술을 깨물었다. 그린 버드를 고의사구로 걸러내 화가 난 것 같은 제이크 햄튼의 태도가 그의 자존심을 건드린 것이다.

후아앗!

투수판을 박차며 조시 버닝이 힘껏 공을 내던졌다.

구종은 슬라이더.

코스는 바깥쪽.

유인구를 던져 달라는 비스터 포지의 요구와는 달리 공이 카운트를 잡기 위해 스트라이크존을 파고들었다.

그 순간.

따악!

제이크 햄튼이 힘껏 방망이를 휘돌렸다.

월드 시리즈를 거치며 선구안이 완전히 무너진 상태였지

만 평소 자신이 가장 좋아하던 코스로 들어오는 변화구만큼은 절대 놓치지 않았다.

―큽니다! 쭉쭉 뻗어 나갑니다!

―이거…… 넘어갈 거 같은데요!

―아렌 파간! 계속 쫓아가는데요. 아아! 타구를 포기해 버립니다!

―넘어갔습니다. 홈런! 제이크 햄튼이 쐐기를 박아버립니다!

ESPM 중계진이 자리에서 벌떡 일어나 소리쳤다.

5 대 0.

이건 자이언츠에게 사형선고나 다름없었다.

"크아아아!"

제이크 햄튼도 다이아몬드를 돌며 환호성을 내질렀다.

아마 다음 타석에서 빈볼이 날아들겠지만, 가슴 밖으로 터져 나오는 기쁨을 도저히 참을 수가 없었다.

"제이크으으으!"

"이 자식! 드디어 돌아왔구나!"

양키즈 팬들도 목이 쉬어라 악을 내질렀다. 그 함성 소리가 조시 버닝을 완전히 무너뜨려 버렸다.

"후우…… 미치겠군."

결국 브라이언 보치 감독은 투수 교체를 지시했다.

1회 말, 선발투수가 아웃 카운트 하나 잡지 못하고 5실점을 해버렸으니 더는 끌고 갈 수가 없었다.

조시 버닝에 이어 마운드를 물려받은 건 4선발 알베르토 메시아.

정규 시즌이었다면 체력 좋은 불펜 투수를 대거 투입해 경기를 마무리 지었겠지만, 지금은 월드 시리즈 7차전이었다.

월드 시리즈 우승이 걸린 상황에서 브라이언 보치 감독도 경기를 쉽게 포기할 수 없었다.

다행히도 알베르토 메시아는 후속 타자들을 범타로 돌려세우며 이닝을 끝마쳤다.

제이크 햄튼의 영향으로 스윙이 커진 더스티 애클리와 카일 스위버는 중견수 플라이로 물러났다. 그리고 아담 앤더슨은 삼진을 당했다.

그러자 한정훈도 자이언츠 타자들에게 똑같이 갚아주었다.

4번 타자 미카엘 본즈를 삼진으로 돌려세운 뒤 5번 타자 브레이브 벨트를 유격수 앞 땅볼로 유도했다. 그리고 6번 타자 크리스 미첼을 다시 삼진으로 잡아냈다.

—한정훈, 공 8개로 두 번째 이닝을 끝마칩니다.

—무서운 투수입니다. 자이언츠에게 반격의 기회를 허락하지 않네요.

ESPM 중계진들이 혀를 내둘렀다. 5점의 리드라면 조금 방심할 만도 하건만 한정훈의 로케이션은 한 치의 흐트러짐도 없었다.

한정훈의 완벽에 가까운 피칭은 3회에도, 4회에도, 5회에도 계속됐다. 그럴수록 알베르토 메시아의 어깨는 무거워졌다.

"후우……."

알베르토 메시아가 길게 한숨을 내쉬었다. 브라이언 보치 감독은 5회가 지나기 전에 자이언츠에게도 기회가 올 것이라고 말했다.

자이언츠가 우승하느냐 못하느냐는 자신의 손에 달렸다며 최대한 오래 버텨 달라고 말했다.

알베르토 메시아는 브라이언 보치 감독의 말을 믿었다.

한정훈을 상대로 점수를 뽑아내기란 쉽지 않겠지만 지난해 자이언츠를 월드 시리즈 정상에 세운 브라이언 보치 감독이라면 허튼소리는 하지 않을 것이라고 여겼다.

그러나 결과는 아무것도 달라지지 않았다. 5 대 0이라는 점수도, 무기력한 타자들도 그대로였다.

무엇보다 한정훈이 그대로였다. 60구부터 밋밋해질 거란 패스트볼은 여전히 날카로웠고 5회면 뚝 떨어질 거라던 구속도 한결같이 103mile/h(≒165.7km/h)를 유지하고 있었다.

이런 상황에서 브라이언 보치 감독은 또다시 무리한 요구를 해왔다.

"메시아, 앞으로 3이닝만 더 버텨! 그럼 이길 수 있어!"

브라이언 보치 감독이 눈 하나 까딱하지 않고 말했다. 앞서 5이닝만 버텨 달라고 말했던 걸 까맣게 잊기라도 한 것 같았다.

하지만 알베르토 메시아는 더 이상 브라이언 보치 감독의 말을 신뢰하지 못했다. 게다가 7회까지는 버티고 싶어도 버틸 수가 없었다.

4회를 마친 현재 투구 수는 75구.

안타는 2개밖에 허용하지 않았지만, 특유의 제구 불안으로 사사구를 4개나 내줬다.

그나마 2개의 병살타를 유도하며 무실점으로 버텼지만 지금 페이스로는 5회를 온전히 끝마치기도 쉽지 않아 보였다.

'일단 이번 이닝까지는 버텨보자.'

알베르토 메시아는 일단 마음을 다잡았다. 다음 이닝에 나오는 건 어렵더라도 이번 이닝까지는 어떻게든 확실히 책임지고 싶었다.

하지만 대진 운이 좋지 않았다. 하필이면 절정의 타격감을 뽐내고 있는 4번 타자 그린 버드가 선두 타자로 타석에 들어왔다.

'어렵게 승부해야 해.'

비스터 포지는 초구에 바깥쪽에 걸쳐 나가는 포심 패스트볼을 요구했다.

타격감만큼이나 선구안이 좋은 그린 버드의 방망이를 끌어내기 위해서는 스트라이크와 볼의 경계선상을 노릴 수밖에 없었다.

"후우……."

알베르토 메시아의 입에서 절로 한숨이 흘렀다.

비스터 포지의 요구대로 스트라이크처럼 보이는 볼을 던져 그린 버드의 방망이를 끌어낸다는 게 말처럼 간단치가 않았다.

그렇다고 제구에만 신경 쓸 수도 없었다. 공이 조금이라도 무뎌지면 그린 버드가 가만 내버려 두지 않을 터였다.

'침착하게…… 할 수 있어.'

한참 동안 숨을 고른 뒤에야 알베르토 메시아가 공을 내던졌다.

후앗!

알베르토 메시아의 손끝을 빠져 나간 공이 한복판을 지나 그린 버드의 바깥쪽으로 도망치듯 빠져 나갔다.

하지만 그린 버드는 방망이를 움직이지 않았다. 자신을 유혹하려는 게 너무 노골적으로 보였기 때문이다.

2구째 들어온 몸 쪽 슬라이더도 마찬가지였다.

펑!

시도는 좋았지만, 한복판으로 몰리지 않겠다는 알베르토 메시아의 의지가 공의 궤적에 정확하게 반영됐다.

'미치겠군.'

알베르토 메시아에게 공을 돌려주며 비스터 포지가 입술을 깨물었다.

선두 타자로 나선 4번 타자에게 벌써 투 볼이었다. 이 상황에서 섣불리 승부에 들어갔다간 장타를 얻어맞을 가능성이 컸다.

그렇다고 또다시 유인구 승부를 가져가기도 어려웠다. 알베르토 메시아가 그린 버드를 지나치게 의식한 탓에 정밀한 피칭이 이루어지지 않고 있었다.

'그렇다면 힘으로 맞붙어보자.'

비스터 포지가 한가운데 높은 쪽으로 미트를 들어 올렸다.

하이 패스트볼.

그것도 한복판으로 날아드는 위험천만한 공을 요구한 것이다.

“하아…….”

사인을 확인한 알베르토 메시아는 그저 헛웃음만 났다. 다른 타자도 아니고 그린 버드에게 하이 패스트볼이라니. 꼭 홈런을 하나 내주라는 말처럼 느껴졌다.

하지만 알베르토 메시아에게는 경험이 풍부한 올스타 포수인 비스터 포지의 사인을 거부할 권한이 없었다.

마음에 안 든다고 고개를 흔들어봐야 비스터 포지가 재차 같은 사인을 낼 게 뻔했다.

‘더는 도망칠 수 없어.’

알베르토 메시아가 독하게 마음을 먹었다. 그리고 비스터 포지의 미트를 향해 있는 힘껏 공을 내던졌다.

후아앗!

바람 소리와 함께 날아간 공이 그린 버드의 머리 높이로 날아갔다.

비스터 포지가 요구한 한복판 코스보다 조금 더 몸 쪽으로 말려들었지만 그린 버드의 방망이를 끌어내는 데는 아무런 문제가 없어 보였다.

그린 버드도 망설임 없이 방망이를 휘둘렀다. 볼카운트 투

볼 상황이다. 설사 헛스윙이 된다 하더라도 망설일 필요가 없었다.

후앙!

요란한 바람 소리와 함께 방망이가 홈 플레이트를 갈랐다. 하지만 공은 그보다 조금 위쪽으로 날아가 비스터 포지의 미트 속에 파묻혔다.

"스트라이크!"

구심이 오랜만에 오른팔을 들어 올렸다.

원 스트라이크 투 볼.

그린 버드의 입가로 짓궂은 웃음이 번졌다.

반면 알베르토 메시아는 가슴을 쓸어내려야 했다.

'타이밍이…… 맞았어.'

그린 버드에게 얻어맞지 않기 위해 알베르토 메시아는 죽기 살기로 포심 패스트볼을 내던졌다.

실제 전광판에는 오늘 던진 공 중 가장 빠른 98mile/h(≒157.7km/h)의 구속이 찍혀 있었다.

그런데 그린 버드가 타이밍을 맞췄다. 공이 조금만 낮았다면 아마 방망이에 얻어걸린 타구가 그대로 담장 밖으로 사라져 버렸을 것이다.

"후우……."

알베르토 메시아가 한참 동안 마운드를 서성였다. 구심이 준비하라고 두 번이나 사인을 보냈지만 쿵쾅거리는 심장은 좀처럼 잦아들지 않았다.

"타임!"

보다 못한 비스터 포지가 마운드 위로 걸어왔다. 아직 5회가 끝나지도 않았는데 알베르토 메시아마저 흔들린다면 자이언츠는 더 이상 버틸 여력이 없었다.

"침착해. 눈높이로 날아든 공에 방망이가 따라 나온 것뿐이라고."

비스터 포지가 베테랑답게 말했다. 운 좋게 타이밍이 맞았다라는 빤한 거짓말은 하지 않았다. 그보다는 그린 버드도 전력을 다한 스윙이었다며 알베르토 메시아를 다독였다.

알베르토 메시아도 애써 고개를 끄덕였다. 비스터 포지가 그렇다면 그런 것이다. 설사 비스터 포지가 거짓말을 했다 하더라도 월드 시리즈 7차전에서 그가 믿을 수 있는 건 비스터 포지뿐이었다.

"다시 한 번 높은 코스로 갈 거야. 그러니까 아무 걱정하지 말고 힘껏 던져. 알았지?"

비스터 포지는 4구째에도 하이 패스트볼을 요구했다.

코스는 바깥쪽.

3구에 대한 아쉬움이 가득할 그린 버드라면 따라 나올 수밖에 없는 공이었다.

"후우……."

알베르토 메시아는 길게 숨을 내쉬었다. 그리고 아랫배에 단단히 힘을 주었다. 최악의 경우 힘으로라도 그린 버드를 이겨볼 생각이었다.

알베르토 메시아의 표정을 확인한 그린 버드도 방망이를 단단히 움켜쥐었다.

뒤이어 시선을 조금 위쪽으로 들어 올렸다. 비스터 포지의 성격상 또다시 하이 패스트볼을 던질 가능성이 크다고 여긴 것이다.

아니나 다를까.

후아앗!

알베르토 메시아의 손끝을 빠져 나온 그린 버드의 눈높이로 날아들었다. 그러더니 마지막 순간에 도망치듯 밖으로 빠져 나갔다.

3구를 보지 않았다면 그린 버드는 이 공을 그대로 지나쳐 보냈을 것이다.

하지만 3구의 움직임이 뇌리에 선명하게 남은 탓일까.

그린 버드의 방망이가 도망치는 공을 집어삼켰다.

따악!

둔탁한 타격음과 함께 타구가 높이 치솟았다. 그러자 우익수 크리스 미첼이 제자리에서 글러브를 들어 올렸다. 방망이 중심에 공이 맞긴 했지만, 구위에 밀렸다고 여겼다.

하지만 정작 타구는 바람을 타듯 조금씩, 조금씩 뒤로 뻗어 나갔다.

“어어……!”

크리스 미첼이 다급히 뒷걸음질을 쳐 봤지만 소용없었다. 마지막 순간 정말로 바람을 타버린 타구가 그대로 우측 담장을 살짝 넘어가 버렸다.

-그린 버드! 홈런입니다!

-이건 결정적입니다! 자이언츠의 유일한 희망이었던 알베르토 메시아가 무너집니다!

양키즈 중계진이 들썩거렸다. 1회 말 5득점 이후 타자들이 알베르토 메시아의 호투에 묶여 있어서 내심 마음 한편이 갑갑했는데 그린 버드의 한 방으로 막혔던 게 뻥 하고 뚫려 버린 기분이었다.

그린 버드가 때리자 제이크 햄튼도 가만있지 않았다. 첫 타석에서의 홈런이 우연이 아니라는 걸 증명이라도 하듯 얼이 빠진 알베르토 메시아의 초구를 잡아당겨 또다시 담장을 넘겨 버렸다.

–제이크 햄튼! 또다시 담장을 넘깁니다!

–어제 경기까지 타격 침체가 이어져서 걱정했는데 이렇게 터지나요? 제이크 햄튼이 제대로 드라마를 써 내려가고 있습니다!

5 대 0의 점수가 7 대 0까지 벌어지자 브라이언 보치 감독도 한숨을 내쉬며 투수 교체를 지시했다.

한정훈이 지친 모습을 보여줄 때까지 알베르토 메시아가 버텨주길 바랐는데 마지막 기대마저 물거품이 되어버렸다.

다행히 호출을 받고 올라온 제인 알버튼이 아웃 카운트 세 개를 잡아내면서 더 이상의 추가 실점은 막을 수 있었다.

하지만 그뿐이었다. 무려 7회까지 타자들이 한정훈에게 꽁꽁 묶이면서 브라이언 보치 감독은 새로운 걱정거리를 떠안게 됐다.

바로 월드 시리즈 퍼펙트게임.

–올드 팬들이라면 돈 라덴이라는 투수를 기억하실 겁니다.

–이름만 들어서는 잘 모르는 팬들이 있을지 모르겠습니다. 하지만 이렇게 말하면 어떨까요? 메이저리그 역사상 유일하게 포스트시즌, 그것도 월드 시리즈에서 퍼펙트게임을

달성한 투수라고요.

—1956년이었죠. 월드 시리즈 5차전에서 양키즈는 다저스와 만나게 됩니다. 그리고 5차전이 이곳 양키즈 스타디움에서 열렸죠.

—그렇습니다. 그 경기에서 우완투수 돈 라덴은 단 97개의 공으로 다저스의 모든 타자를 잡아냈습니다. 단 하나의 안타도, 사사구도 없이 말이죠.

—아직 뭐라고 말씀드리긴 어렵습니다. 한정훈이 잘 던지고 있긴 하지만 월드 시리즈 7차전이라는 중압감이 어떤 변수로 작용하게 될지는 아무도 모릅니다. 하지만 개인적으로 월드 시리즈 두 번째 퍼펙트게임이 달성되길 진심으로 바라고 있습니다.

—말씀드리는 순간, 한정훈이 다시 마운드에 오릅니다. 경기 종료까지 남은 아웃 카운트는 6개인데요. 한정훈이 과연 대기록을 작성할 수 있을지 숨죽여 지켜보도록 하겠습니다.

ESPM 중계진은 자신들의 멘트처럼 숨소리를 죽였다. 그리고 조용히 한정훈의 투구를 지켜보았다.

8회 초, 자이언츠의 선두 타자는 4번 타자 미카엘 본즈였다.

미카엘 본즈는 내셔널리그에서 최고의 강타자 중 한 명으로 꼽혔다.

지난 5년 동안 담장 밖으로 넘긴 타구가 정확하게 150개.

이대로만 성장해 준다면 자이언츠 출신 레전드 스타 베라 본즈를 뛰어넘을지도 모른다는 평가를 받고 있었다.

하지만 애석하게도 한정훈을 상대로는 거의 재미도 보지 못했다.

오늘도 마찬가지.

첫 타석 삼진 아웃.

두 번째 타석 삼진 아웃.

어쩌면 올 시즌 마지막일지 모를 세 번째 타석을 앞두고 자이언츠 중계진은 냉정하게 말했다.

—브라이언 보치 감독, 대타 카드를 쓸 생각이 없어 보이는데요.

—안타깝습니다. 지금 자이언츠에게 필요한 건 활로를 찾아줄 영민한 타자입니다. 미카엘 본즈가 강력한 한 방을 갖춘 타자이긴 하지만 지금 이 시점에 필요한 선수일지는 의문입니다.

—제 생각도 같습니다. 월드 시리즈 7차전입니다. 마지막 아웃 카운트가 잡힐 때까지 무엇이든 해봐야 하는 상황입니다.

—아아, 이대로 미카엘 본즈를 밀어붙입니다. 브라이언 보치 감독의 판단이 부디 맞아떨어지길 바라야겠습니다.

앞선 두 타석에서 미카엘 본즈는 한정훈의 공에 전혀 타이밍을 맞추지 못했다.

가뜩이나 스윙이 큰데 정확한 타격보다는 자꾸 큰 것 한 방을 노리다 보니 공이 홈 플레이트를 스쳐 지나간 뒤에 방망이가 나오는 경우가 대부분이었다.

그래서 자이언츠 중계진들도 미카엘 본즈보다는 정교한 교타자를 내보내 한정훈을 흔드는 편이 낫다고 여겼다.

자이언츠의 4번 타자라는 이유로 미카엘 본즈에게 다시 한 번 기회를 주기에는 남은 아웃 카운트가 너무 적다고 판단한 것이다.

하지만 브라이언 보치 감독은 끝내 대타 카드를 사용하지 않았다.

경기 초반 점수를 내주면서 월드 시리즈 2연패는 물 건너갔지만 그렇다고 해서 자이언츠의 야구를 포기할 생각은 없었다.

'이번에는 기필코 친다!'

미카엘 본즈도 이를 악물었다. 이대로 가다간 팀이 퍼펙트 게임의 희생양이 될지 몰랐지만, 기습 번트 같은 치졸한 수로 한정훈을 흔들 생각은 없었다.

그러나 아담 앤더슨은 불안함을 감추지 못했다.

'분명 뭔가가 나올 때가 됐는데…….'

아담 앤더슨이 힐끔 자이언츠 더그아웃을 바라봤다.

벌써 8회 초다. 4번 타순부터 시작되는 이번 이닝에 흐름을 끊지 못하면 하위 타선이 들어오는 9회 초는 순식간에 끝나 버릴지 몰랐다.

하지만 자이언츠 더그아웃은 아무 일도 없다는 듯이 조용했다. 브라이언 보치 감독이 사인을 내긴 했지만 그렇다고 특별한 작전이 담겨 있는 것 같지도 않았다.

'일단은 하나 빼보자.'

고심 끝에 아담 앤더슨이 바깥쪽으로 미트를 움직였다.

구종은 투심 패스트볼.

아슬아슬한 공을 던져서 미카엘 본즈의 반응을 파악할 생각이었다.

한정훈은 가볍게 고개를 끄덕였다. 그리고 침착하게 아담 앤더슨의 미트를 향해 공을 내던졌다.

후앗!

바깥쪽으로 크게 휘어져 나갔던 공이 마지막 순간에 스트라이크존 경계면을 긁고 아담 앤더슨의 미트 속으로 파묻혔다.

"크으!"

반쯤 방망이를 내밀었던 미카엘 본즈가 아쉬움을 삼켰다. 타이밍은 얼추 맞았지만, 방망이 중심에 맞추기에는 공이 너무나 멀게 느껴졌다.

다행히 구심도 스트라이크를 선언하지 않았다.

원 볼.

메이저리그 최고의 제구력을 자랑하는 한정훈에게는 어울리지 않은 볼카운트가 만들어졌다.

하지만 아담 앤더슨은 곧바로 승부를 걸지 않았다.

'그래도 혹시 모르니까…….'

아담 앤더슨의 미트가 다시 한 번 바깥쪽으로 움직였다.

구종은 포심 패스트볼.

바깥쪽에 꽉 차는 공으로 미카엘 본즈의 노림수도 파악하고 스트라이크도 잡고 가겠다는 계산이었다.

사인을 확인한 한정훈이 아담 앤더슨의 미트를 향해 힘껏 공을 내던졌다.

볼카운트에 대한 부담 때문인지 공이 살짝 안쪽으로 몰려서 날아갔지만, 미카엘 본즈는 이번에도 방망이를 제대로 내밀지 못했다.

"후우……."

무겁게 한숨을 내쉬며 미카엘 본즈가 전광판을 바라봤다.

104mile/h(≒167.3㎞/h).

오늘 경기 최고 구속이 8회 말에 터져 나왔다.

–한정훈, 바깥쪽 포심 패스트볼로 스트라이크를 잡아냅니다.

–초구보다 공 두 개 정도 안쪽으로 들어왔는데요. 조금 위험해 보였습니다만 미카엘 본즈가 제대로 대처해내지 못했습니다.

–아담 앤더슨, 초구에 이어 2구도 바깥쪽 공을 요구했는데요. 아마 자이언츠 벤치의 작전을 파악하기 위함이었겠죠?

–월드 시리즈 우승도 우승이지만 한정훈의 퍼펙트게임 여부가 이번 이닝에 달려 있으니까요. 아마 신경이 쓰일 수밖에 없을 겁니다.

–한정훈이 정말로 월드 시리즈 7차전 퍼펙트게임의 주인공이 되기 위해서는 야수들의 도움도 필요합니다.

–아무래도 정확하게 던지려고 노력하다 보면 2구째처럼 공이 조금씩 몰리게 마련이니까요. 그만큼 타자들의 방망이에 걸려들 확률이 높아질 테니 야수들이 정신을 바짝 차리고 수비에 임할 필요가 있을 것 같습니다.

ESPM 중계진의 나직한 목소리가 중계 화면을 타고 흘렀다. 그사이 한정훈이 내던진 3구 커브가 느릿하게 날아가 미카엘 본즈의 타이밍을 빼앗아 버렸다.

"스트라이크!"

구심이 천천히 오른팔을 들어 올렸다. 이제부터 내리는 판정 하나하나가 퍼펙트게임과 직결된다고 생각하니 자신도 모르게 신중해진 것이다.

"젠장할!"

미카엘 본즈가 질근 입술을 깨물었다.

살짝 높게 느껴진 커브였다. 이게 볼 판정을 받았다면 원 스트라이크 투 볼 상황에서 다시 한 번 히팅 찬스를 맞이할 수 있었다.

그런데 커브볼이 스트라이크 판정을 받으며 볼카운트는 투 스트라이크 원 볼로 바뀌었다.

미카엘 본즈는 머릿속이 복잡해졌다. 평소였다면 스트라이크존을 넓게 보고 실투가 들어오길 기다렸겠지만 애석하게도 마운드 위에 선 투수는 한정훈이었다.

경기당 사사구 개수가 0.5개에도 미치지 않는, 실투를 모르는 피칭 머신이었다.

볼카운트가 몰린 상황에서 한정훈을 상대로 스트라이크존을 넓힌다는 건 삼진을 먹겠다는 소리나 다름없었다.

이미 앞선 두 타석에서 연속 삼진을 먹었는데 다른 경기도 아닌 월드 시리즈 7차전에서 3연 타석 삼진이라는 불명예스러운 기록을 쓰고 싶은 마음은 눈곱만큼도 없었다.

'몸 쪽 패스트볼. 나머지는 버린다.'

미카엘 본즈가 이내 방망이를 들어 올렸다. 한정훈의 모든 공에 대처할 자신이 없다면 한 코스, 한 구종만 노리고 방망이를 휘두르는 게 최선이었다.

그 노림수가 통한 듯 아담 앤더슨이 고민 끝에 몸 쪽으로 미트를 움직였다.

'정훈, 이 공으로 끝내자고.'

아담 앤더슨은 미카엘 본즈를 잡아낼 승부구를 요구했다.

사인을 확인한 한정훈도 군말 없이 고개를 끄덕였다. 그리고는 아담 앤더슨의 미트를 향해 있는 힘껏 공을 내던졌다.

후아앗!

한정훈의 손끝을 빠져 나간 공이 한복판을 지나 미카엘 본즈의 몸 쪽으로 파고들었다. 그 과정에서 공의 궤적이 조금 비틀렸지만, 미카엘 본즈는 망설이지 않고 방망이를 휘둘렀다.

따악!

미카엘 본즈의 방망이 밑동에 공이 걸려들었다. 그리고 타구는 3루수 요하니스 페데즈의 정면으로 날아들었다.

다를 때 같았다면 가볍게 글러브를 뻗어 잡아낼 수 있는 타구였다.

하지만 월드 시리즈라는 부담감 때문일까?

"크윽!"

요하니스 페데즈가 바운드를 맞추지 못했다. 그 과정에서 글러브를 벗어난 공이 요하니스 페데즈의 가슴을 때리고 바닥으로 떨어졌다.

"페데즈! 1루로!"

누군가의 비명 소리에 요하니스 페데즈가 다급히 공을 집어 1루를 향해 내달렸다.

비록 포구에 실수는 있었지만 요하니스 페데즈의 빨랫줄 같은 송구는 1루심의 눈을 현혹시키기에 충분했다.

"아웃!"

그린 버드의 미트에 공이 박히기가 무섭게 1루심이 아웃을 선언했다. 미카엘 본즈가 거의 동시에 시야에 들어왔지만, 타자가 베이스를 밟은 것보다 송구가 더 빨랐다고 판단한 것이다.

그러자 브라이언 보치 감독이 기다렸다는 듯이 더그아웃을 박차고 나와 구심에게 비디오 판독을 요청했다.

—브라이언 보치 감독, 챌린지를 신청합니다.

—충분히 그럴 만한 상황이 나왔죠?

—육안으로 보기에는 아슬아슬합니다만 브라이언 보치 감독의 눈에는 미카엘 본즈의 발이 더 빠르게 느껴졌을 수도 있습니다.

—어쨌든 양키즈에게도 중요한 순간입니다. 브라이언 보치 감독의 주장이 받아들여져서 아웃 판정이 세이프로 바뀐다면 분위기도 달라질 테니까요.

—7 대 0의 점수 차이를 뒤집기란 쉽지 않아 보입니다. 하지만 적어도 한정훈의 퍼펙트를 깨뜨릴 수는 있겠죠.

—판정이 번복되면 퍼펙트뿐만 아니라 노히트노런도 위험해집니다. 미카엘 본즈의 타구가 내야 안타로 기록될 가능성이 크니까요.

—일단 느린 화면으로 다시 한 번 살펴보죠.

중계 화면으로 다각도에서 촬영된 1루 영상이 플레이됐다. 1루 베이스 오른쪽에서 촬영된 화면을 보면 미카엘 본즈의 발보다 요하니스 페데즈의 송구가 더 빠른 것처럼 보였다.

하지만 반대로 3루 베이스 쪽 영상은 달랐다. 미카엘 본즈의 발이 베이스에 닿을 무렵 그린 버드의 글러브가 공을 완벽하게 움켜쥐지 못한 것 같은 장면이 포착된 것이다.

—어렵습니다. 어렵네요.

—이건 심판들도 쉽게 판정을 내리기 어려울 것 같습니다.

ESPM 중계진이 말을 아꼈다. 리플레이 화면만 놓고 보자면 1루심이 어떤 판정을 내려도 할 말이 없을 것 같았다.

하지만 한정훈의 퍼펙트게임이 걸린 상황에서 심판들도 아무렇게나 판정을 내릴 수는 없는 노릇이었다.

"정훈, 미안해."

심판들이 모여 최종 회의를 하는 사이 요하니스 페데즈가 마운드 쪽으로 다가왔다.

최악의 경우 한정훈의 퍼펙트게임이 깨질지도 모른다는 불안함 때문일까.

평소 실책을 해도 미안한 기색이 전혀 없던 요하니스 페데즈의 얼굴이 하얗게 질려 있었다.

"신경 쓰지 마. 운이 나빴을 뿐이야."

한정훈이 애써 웃으며 말했다. 솔직히 경기 후반만 되면 집중력이 흐트러지는 요하니스 페데즈의 태도가 마음에 들지는 않았지만, 이 순간만큼은 질책보다 위로가 필요해 보였다.

그러나 요하니스 페데즈는 고개를 들지 못했다.

"정말 미안해."

시선을 내리깐 채로 계속 같은 말만 되뇌었다.

"괜찮다니까 그러네."

한정훈이 마운드에서 내려와 요하니스 페데즈를 다독거렸다.

월드 시리즈 7차전에서 퍼펙트게임을 달성할 수 있는 절호의 기회가 날아간다고 해서 양키즈의 우승을 위해 최선을 다해온 동료를 비난하고 싶진 않았다.

그런 모습이 중계 카메라를 통해 전국으로 송출됐다. 양키즈 스타디움에 모인 관중들도 한정훈의 넓은 아량에 진심으로 박수를 보냈다.

그때였다.

논의를 끝낸 듯 심판들이 제자리로 움직이기 시작했다.

—이제 곧 판정이 나올 것 같습니다.

—구심, 양 팀 감독에게 판정할 거라는 제스처를 취했는데요.

—과연 어떤 결과가 나올지…….

ESPM 중계진도 마른침을 꿀꺽 삼켰다.

그 순간, 구심이 1루를 가리키며 주먹을 들어 올렸다.

–아아! 구심! 아웃을 선언합니다!

–원심이 그대로 인정됐네요. 양키즈 입장에서는 정말 다행스러운 결과입니다.

구심의 판정이 나오기가 무섭게 요하니스 페데즈가 한정훈을 덥석 끌어안았다. 그런 요하니스 페데즈를 동료 선수들이 다가와 다독거렸다.

"페데즈, 그만 울고 이것 좀 놔. 난 여자 친구가 있다고."

한정훈도 장난스럽게 말했다. 여전히 짧은 영어 탓에 조금 더 그럴듯한 위로를 해주지는 못했지만 요하니스 페데즈는 큭 하고 웃음을 흘렸다.

그리고는 자신도 여자 친구가 있다는 말을 남기고 당당히 3루로 돌아갔다.

분위기가 진정되자 구심이 다시 경기를 진행시켰다.

1사에 주자가 없는 상황에서 5번 타자 브레이브 벨트가 타석에 들어섰다.

'번트를 대자.'

경기가 지연되는 동안 브레이브 벨트는 독한 마음을 먹었다.

미카엘 본즈가 1루에서 살아남는다면 자이언츠의 첫 득점을 위해.

미카엘 본즈가 원심대로 아웃 된다면 한정훈의 퍼펙트게임을 깨뜨리기 위해.

목적은 달랐지만 지금 이 상황에서 브레이브 벨트가 할 수 있는 건 달라지지 않았다.

바로 번트.

어떻게든 성공시키기 위해 브레이브 벨트는 한정훈이 연습 투구를 가져가는 동안 대기 타석에서 시뮬레이션까지 끝마쳤다.

'변화구는 버리고 포심 패스트볼만 노리자. 정확하게 댈 필요 없이 코스만 노리고 있어도 충분히 성공시킬 수 있어.'

다시 한 번 머릿속을 정리하며 브레이브 벨트가 방망이를 들어 올렸다.

평소와 별반 다를 게 없는, 특유의 건들거리는 타격 준비 동작이 한정훈의 시야를 어지럽혔다.

하지만 아담 앤더슨은 다른 걸 보고 있었다.

바로 브레이브 벨트의 스탠스.

앞선 타석 때 보다 살짝 좁아진 스탠스가 아담 앤더슨의 신경을 거슬렀다.

'설마 벤치에서 작전이 나왔나?'

아담 앤더슨의 시선이 자이언츠 더그아웃 쪽으로 향했다.

앞선 미카엘 본즈의 챌린지 때 제법 흥분한 모습을 보여주었던 브라이언 보치 감독은 입을 굳게 다물고 있었다.

다른 코칭스태프들도 마찬가지. 뭔가 기대 어린 시선 같은 건 느껴지지 않았다.

'그렇다면 단독 작전이란 이야기인데…….'

아담 앤더슨이 이내 고개를 주억거렸다.

브레이브 벨트는 자이언츠의 주장이었다. 그리고 주장이라면 팀이 대기록의 제물이 되는 것만큼은 어떻게든 막고 싶을 것이다.

그러나 아담 앤더슨도 한정훈의 대기록을 어떻게든 지켜주고 싶었다.

'보나 마나 기습 번트인 것 같은데…… 쉽지는 않을 거야.'

아담 앤더슨은 1루수와 3루수에게 은밀히 번트에 대비하라는 사인을 보냈다. 그러면서 한정훈에게는 초구에 몸 쪽으로 붙는 커터를 요구했다.

'브레이브 벨트가 번트를 시도할 거란 말이지?'

아담 앤더슨의 사인을 확인한 한정훈이 피식 웃었다. 그리고는 브레이브 벨트의 허리 높이를 겨냥해 힘껏 공을 내던졌다.

후앗!

바람 소리와 함께 날아간 공이 단숨에 브레이브 벨트의 옆구리 쪽으로 파고들었다.

브레이브 벨트가 정상적으로 타격에 임했다면 한 번쯤 작심하고 방망이를 휘돌려 볼 만한 코스였다.

하지만 브레이브 벨트가 곧바로 자세를 낮추고 번트를 준비한 탓에 공은 그의 옆구리 쪽이 아니라 얼굴 옆쪽으로 날아들었다.

"윽!"

브레이브 벨트가 반사적으로 몸을 뺐다. 그 과정에서 공이 방망이 윗부분에 걸렸다. 번트가 익숙하지 않다 보니 방망이를 제대로 거둬들이지 못한 것이다.

그리고 그 결과는 참담했다.

"1루!"

"내가 잡아!"

브레이브 벨트의 번트 자세와 함께 미친 듯이 홈 플레이트 쪽으로 달려 들어왔던 그린 버드가 어렵지 않게 타구를 잡아냈다.

그린 버드의 대응이 조금만 늦었더라도 타구는 파울 라인 밖으로 휘어져 나갔겠지만 애석하게도 야구의 신은 브레이브 벨트의 편이 아니었다.

한정훈의 입가에도 웃음이 번졌다. 퍼펙트게임 달성 여부를 떠나 공 한 개로 타자를 잡아냈으니 이보다 더 즐거운 일은 없을 것 같았다.

그러나 관중들은 치졸하게 기습 번트를 대려 했던 브레이브 벨트에게 야유를 쏟아냈다.

"뭐야? 지금 번트 댄 거야?"

"때려치워! 그게 무슨 야구냐!"

"브레이브! 집에 가라!"

"집에 가! 이 멍청아!"

더그아웃으로 돌아가는 내내 브레이브 벨트는 고개를 들지 못했다.

몇몇 자이언츠 동료가 브레이브 벨트의 어깨를 두드렸지만, 고작 그 정도로는 위안이 되지 않았다.

—브레이브 벨트, 나쁘지 않은 시도였습니다.

—월드 시리즈 7차전입니다. 승부가 기울었다고 해서 브레이브 벨트의 열정까지 비난할 수는 없을 겁니다.

ESPM 중계진이 나직한 목소리로 브레이브 벨트를 두둔했다.

양키즈 스타디움의 분위기가 험악해지긴 했지만, 그렇다고 브레이브 벨트가 해서는 안 될 짓을 저지른 것처럼 몰아세울 필요는 없다고 말했다.

하지만 양키즈 팬들은 좀처럼 잠잠해지지 않았다. 자이언츠를 배려해 조용히 우승을 기다리던 팬들조차 합세해 분노를 퍼부었다.

덕분에 뒤이어 타석에 들어선 크리스 미첼만 죽을 맛이었다.

"젠장, 왜 다들 나한테 그러는 거야?"

결국 크리스 미첼은 한정훈의 포심 패스트볼 3개에 연속 헛스윙을 하고 타석에서 물러났다.

전광판에 103mile/h(≒165.7㎞/h)을 찍어대는 한정훈의 포심 패스트볼을 어떻게든 따라잡으려 노력했지만, 고막을 찢을 듯 울리는 야유 소리 때문에 도저히 집중할 수가 없었다.

그렇게 자이언츠의 8회 초 공격이 삼자 범퇴로 끝이 났다. 그리고 8회 말 양키즈 공격을 지나 다시 9회 초가 찾아왔다.

–한정훈, 이제 아웃 카운트 세 개를 남겨두고 있습니다.

–정말 역사적인 순간이 아닐 수 없는데요.

–끝날 때까지 끝난 건 아니니까 아직 섣불리 단정 짓긴 어렵습니다만 한정훈이 돈 라덴에 이어 두 번째 대기록을 세울 가능성이 커보입니다.

–저 역시 같은 생각입니다. 7 대 0이라는 점수 차가 그 가능성을 더 높여주고 있고요.

–그래도 자이언츠, 마지막까지 최선을 다할 필요가 있습

니다.

—전 세계 야구 팬이 지켜보고 있습니다. 이대로 물러선다면 자이언츠가 아니겠죠.

ESPM 중계진은 마지막까지 긴장감을 높이려 노력했다.

이미 우승컵은 양키즈가 들어 올린 거나 다름없었지만 야구는 끝날 때까지 끝난 게 아니었다.

"후우……."

타석에 들어선 7번 타자 브레이브 크로포트도 방망이를 단단히 움켜쥐었다.

우승에 대한 욕심은 일찌감치 버렸다. 그러나 한정훈의 퍼펙트게임은 달랐다. 월드 시리즈 2연패에 실패한 것도 짜증나는데 한정훈의 대기록 작성의 희생양이 되고 싶진 않았다.

'한정훈도 인간이니까.'

브레이브 크로포트가 침착하게 한정훈을 바라봤다.

제아무리 한정훈이라 해도 아웃 카운트가 줄어들수록 조급한 마음이 생길 것이다.

실제로 9회 2사까지 잘 잡아놓고 타자에게 성급하게 승부를 걸다 대기록을 날려 버린 투수는 셀 수도 없이 많았다.

'최대한 오래 버티자. 한정훈을 흔들어놓아야 해.'

브레이브 크로포트의 두 눈이 매섭게 빛났다. 자신을 포함해 남은 타자들이 정신만 바짝 차리면 한정훈의 퍼펙트게임도 충분히 막을 수 있다고 여겼다.

그러나 애석하게도 한정훈은 메이저리그에서만 이미 네 차례 퍼펙트게임을 달성한 상태였다.

월드 시리즈 7차전이라는 특별함 때문에 신경이 쓰이는 건 사실이지만 브레이브 크로포트의 바람처럼 긴장감 때문에 집중력이 흐트러지는 정도는 아니었다.

그보다는 오히려 우승이 확정됐다는 사실 때문에 잠시 긴장감이 풀릴 뻔했다.

하지만 한정훈은 이내 마음을 다잡았다. 언제나처럼 에이스로서의 책임감을 되뇌며 당당히 마운드에 올랐다.

—한정훈, 눈빛이 좋습니다. 특별히 긴장한 얼굴은 아닌 것 같은데요.

—긴장했을 리가 없습니다. 한정훈이 등판할 때마다 말씀드렸지만 한정훈은 한국에서 이룰 수 있는 모든 걸 다 이루고 온 투수입니다. 심지어 절대 깨지지 않을 거라던 한 시즌 최다승마저 넘어섰죠. 한정훈의 정신력은 그 시절 충분히 단련이 됐습니다. 무대가 메이저리그로 옮겨졌다고 해서 긴장할 투수였다면 양키즈가 이를 악물고 데려오지도 않았을 겁니다.

—그래도 브레이브 크로포트는 조심해야죠. 발이 빠른 타자입니다.

—브레이브 벨트처럼 기습 번트를 댈 가능성이 없지는 않으니까요. 지난해 우승팀의 자존심 때문에라도 이대로 경기가 끝나길 바라지는 않겠죠.

양키즈 중계진은 기습 번트에 대비해야 한다고 운을 뗐다. 하지만 브레이브 크로포트는 애당초 번트를 댈 생각이 없었다.

물론 요하니스 페데즈가 계속 남아 있었다면 브레이브 크로포트도 한 번쯤은 고민을 해봤을 것이다.

하지만 수비력 보강을 위해 마르쿠스 키엘로 교체가 된 상태였다.

기습 번트는 꿈도 꾸지 말라는 듯 마르쿠스 키엘이 잔뜩 몸을 낮춘 채 수비 자세를 취하고 있었다.

이런 상황에서 3루 쪽으로 기습 번트를 대봐야 성공할 가능성은 없었다.

'욕심부리지 말자. 실투가 들어올 거야.'

브레이브 크로포트는 기다리다 보면 분명 좋은 공이 들어와 줄 거라 굳게 믿었다.

하지만 초구는 물론이고 2구째 공도 실투와는 거리가 멀었다. 오히려 너무나 완벽하게 들어와서 감히 방망이를 내밀 엄두조차 나지 않았다.

'젠장할!'

순식간에 투 스트라이크에 몰린 브레이브 크로포트가 이를 악물었다.

보다 못한 3루 코치도 적극적으로 공격하라며 사인을 냈다. 하지만 한정훈의 공은 맘먹는다고 때려지는 게 아니었다.

'패스트볼이 두 개야. 이제 체인지업이 들어올 때가 됐어.'

브레이브 크로포트는 다시 한 번 이를 악물었다. 초구는 바깥쪽 포심 패스트볼이, 2구는 몸 쪽 포심 패스트볼이 들어왔으니 하나쯤은 변화구를 던질 타이밍이 왔다.

그러나 퍼펙트게임을 눈앞에 둔 상황에서 아담 앤더슨이 뻔한 리드를 가져갈 리 없었다.

'바깥쪽을 노리나 본데 어림없지.'

아담 앤더슨이 보란 듯이 몸 쪽으로 미트를 붙여넣었다.

그리고 잠시 후.

퍼엉!

묵직한 포구음과 함께 브레이브 크로포트의 방망이가 헛돌았다.

–브레이브 크로포트, 삼진입니다.

–한정훈, 오늘만 벌써 16개째 삼진을 잡아내고 있습니다.

–이제 남은 아웃 카운트는 단 두 개뿐입니다.

–아아, 브라이언 보치 감독. 대타를 기용하네요.

브라이언 보치 감독은 주전 포수 비스터 포지를 대신해 불펜 포수 앤드루 시색을 내보냈다.

비스터 포지가 몸도 마음도 지쳐 버린 상태라 한정훈의 공을 맞춰내지 못할 거라고 판단했다.

하지만 앤드루 시색이라고 해서 한정훈의 공이 쉬울 리 없었다.

"스트라이크, 아웃!"

앤드루 시색은 방망이 한 번 휘둘러 보지 못하고 3구 삼진으로 물러났다.

하나쯤 변화구를 던져 줄 만도 했지만, 한정훈–아담 앤더슨 배터리는 철저하게 포심 패스트볼로 앤드루 시색을 윽박질렀다.

–이제 아웃 카운트 한 개 남았습니다. 한정훈, 정말 잘해왔는데요.

–마크 머피도 오늘 경기의 마지막 타자가 되지 않기 위해

노력해야 할 겁니다.

ESPM 중계진이 목소리를 낮췄다. 양키즈 스타디움에 모인 팬들도 숨을 죽였다.

퍼엉!

한정훈이 내던진 초구가 아담 앤더슨의 미트 속에 파묻혔다.

스트라이크.

전광판 구속 104mile/h이 찍혔다.

따악!

한정훈이 내던진 2구는 마크 머피의 방망이 끝에 걸렸다. 마지막 순간 디딤발이 흔들리면서 공이 한복판으로 몰리자 마크 머피가 이를 악물고 방망이를 휘돌린 것이다.

하지만 힘에서 밀린 타구는 그대로 백네트 쪽으로 날아가 버렸다. 그와 함께 마크 머피의 긴장감도 날아갔다.

퍼엉!

한정훈이 내던진 3구가 아담 앤더슨의 미트에 파묻히면서 모든 게 끝이 났다.

—한정훈! 월드 시리즈 사상 두 번째 퍼펙트게임의 주인공이 됩니다!

—아울러 2023년 월드 시리즈의 우승은 양키즈입니다!

ESPM 중계진의 격한 목소리가 중계 화면을 타고 울려 퍼졌다. 그렇게 양키즈가 월드 시리즈의 주인이 됐다.

129장
MVP

월드 시리즈가 양키즈의 승리로 끝이 난 지도 벌써 일주일이 지났다. 하지만 그 여운은 좀처럼 가시질 않았다.

"6차전에서 양키즈가 승리할 때 이미 월드 시리즈의 우승팀은 결정된 것이나 다름없었습니다."

"그래도 한정훈의 퍼펙트게임은 대단했습니다. 돈 라덴 이후 60여 년 만의 대기록이니까요."

"아마 월드 시리즈 7차전 퍼펙트게임은 한정훈이 유일할 것 같다는 생각이 듭니다."

"저 역시 같은 생각입니다. 팀의 우승이 달린 7차전에서 한정훈처럼 아무렇지도 않게 자신의 공을 던질 수 있는 투수는 아마 없을 테니까요."

늦은 시간, 카메라 앞에 모인 전문가들은 입을 모아 한정훈을 칭찬했다.

작년 사이영상 수상 이후 한정훈에 대한 평가가 조심스러워지긴 했지만, 월드 시리즈 7차전 퍼펙트게임을 달성한 이후로는 아예 경외 시 하는 분위기마저 감돌았다.

"참, 월드 시리즈 MVP는 한정훈에게 돌아갔습니다. 타자 중에서도 활약한 선수가 적잖은데요."

보다 못한 사회자가 적당한 논쟁거리를 던졌다. 한정훈과 그린 버드 간 MVP 경쟁에서 한정훈이 완승을 거둔 만큼 어느 정도는 반론이 나올 것이라 여겼다.

그러나 전문가들은 이번에도 한목소리를 냈다.

"당연하죠. 한정훈 말고 누가 MVP가 될 수 있겠습니까?"

"한정훈은 홀로 월드 시리즈 3승을 거뒀습니다. 그 세 경기는 한정훈이었기 때문에 이겼다고 해도 과언이 아닙니다."

"타자 중에서 그린 버드가 좋은 활약을 펼쳤죠. 제이크 햄튼도 7차전의 영웅 중 한 명이고요. 하지만 그래도 MVP는 한정훈입니다. 아마 팬들뿐만 아니라 선수들도 같은 생각일 겁니다."

7차전 종료 후 양키즈 홈페이지에 개설된 월드 시리즈 MVP를 묻는 설문 조사에서 응답자의 96.7%가 한정훈을 꼽았다.

2위는 그린 버드(1.3%). 모두가 MVP라는 가장 이상적인 대답을 선택한 팬들은 고작 2%에 불과했다.

"한정훈의 사이영상 2연패는 거의 확정적이라고 봐도 될 텐데요. MVP는 어떨까요?"

사회자가 화제를 돌렸다. 리그 최고의 투수가 사이영상을, 최고의 타자가 MVP를 수상하는 게 관례처럼 되어버린 상황에서 한정훈이 사이영상과 MVP를 동시 석권할 수 있을지는 의견이 분분했다.

"전 가능하다고 봅니다."

"저 역시 한정훈이 MVP를 받을 자격이 충분하다고 생각합니다. 그의 성적을 보세요. 받지 못할 이유가 전혀 없습니다."

투수 출신 전문가들은 이번에도 고개를 끄덕거렸다.

하지만 타자 출신 전문가들의 생각은 달랐다.

"한정훈도 분명 유력한 후보 중 한 명입니다. 아울러 지난 시즌보다 더 나은 성적을 냈다는 점에서 한정훈을 MVP로 선정해도 아무런 불만이 없습니다. 하지만 현재의 MVP는 타자들에게 우호적입니다. 타자들만을 위한 상이 따로 재정되지 않는 한 그 분위기가 바뀔 것 같지는 않습니다."

"만약 MVP 투표를 월드 시리즈 이후에 했다면 결과가 달라졌을지도 모르겠습니다. 하지만 월드 시리즈까지 통틀어 한정훈은 올해 최고의 활약을 펼친 선수가 틀림없으니까요. 그러나 정규 시즌만 놓고 봤을 때는 글쎄요. 한정훈이 MVP까지 쓸어간다면 아메리칸리그 타자들의 박탈감이 상당할 것 같습니다."

시즌 막판 사이영상을 묻는 말에 선수 대부분이 한정훈을 꼽았다. 가끔 자신과 친분이 있는 선수를 언급하는 경우도 없지 않았지만, 한정훈의 사이영상 2연패는 기정사실이나 마찬가지였다.

하지만 MVP는 달랐다. 한정훈의 기록이 어마어마하긴 해도 타자들 또한 자신들이 오랫동안 독식해 온 MVP를 호락호락 내줄 생각이 없었다.

타자 출신 전문가들은 타자들의 입장을 대변했다. 대놓고 말을 하진 않았지만 올 시즌 33경기에 등판한 한정훈과 150경기 이상을 뛰는 타자들의 성적을 단순 지표만으로 비교하긴 어렵다는 입장이었다.

그러자 투수 출신 전문가들이 다시 발끈하며 나섰다.

"한정훈은 지난해 GIBBY 어워드에서 MVML을 수상했습니다. Most Valuable Major Leaguer. 현존하는 메이저리그 선수들을 통틀어 최고였다고 평가받은 셈입니다."

"어디 MVML뿐입니까? 올해의 선발투수상도 받았고 올해의 신인상도 받았습니다. 화제의 선수상도 받았죠. 거기다

두 차례 퍼펙트게임으로 피칭 퍼포먼스 상도 수상했습니다."

기비 상은 메이저리그 선수들과 코칭스태프, 그리고 팬들이 함께 뽑는 상이다.

MVP나 사이영상과 직접적으로 비교하긴 어렵겠지만 팬들의 의견이 수상과 직결된다는 점에서 그 가치를 인정받고 있었다.

2022 기비 어워드에서 한정훈은 무려 5개 부분에 이름을 올렸다.

특히나 내셔널리그와 아메리칸리그를 통틀어 선정하는 MVML 투표에서는 전체 응답자의 48%의 지지를 얻어 양대 리그 MVP를 가볍게 제치고 수상자로 선정됐다.

투수 출신 전문가들은 지난해 MVML 투표 결과가 곧 팬들의 마음이라고 지적했다.

메이저리그 팬들 절반 가까이가 한정훈이 최고라고 말하는데 기자들이 자신들만의 독선으로 한정훈을 배제한다는 건 있을 수 없는 일이라고 말했다.

그러나 타자 출신 전문가들도 할 말은 많았다.

"이변이 없는 한 한정훈은 올해도 기비 어워드에서 최고의 선수로 꼽히겠죠. 월드 시리즈 MVP까지 됐으니 아마 포스트시즌 최고의 선수상까지 챙겨갈 겁니다."

"한정훈은 자신의 가치를 충분히 인정받고 있습니다. 그러니 MVP는 타자들에게 양보해도 좋다고 생각합니다."

MVP 논란은 이튿날 사이영상이 발표되면서 더욱 거세졌다.

"2023년 아메리칸리그 사이영상 수상자는…… 축하합니다. 양키즈의 한정훈!"

1위 표 30장. 총득점 210점.

지난 시즌 1위 표를 29장밖에(?) 획득하지 못했던 아쉬움을 달래듯 메이저리그 역사에 길이 남을 1위 표 싹쓸이를 자행하며 한정훈은 당당히 사이영상 2연패를 달성했다.

내셔널리그 사이영상 수상자는 메츠의 노아 선더가드가 차지했다.

1위 표 16장, 2위 표 10장, 3위 표 4장. 총 득점은 164점이었다.

하리모토 쇼타는 한정훈에 이어 사이영상 투표 2위에 올랐다.

2위 표 10장과 3위 표 11장, 4위 표 6장, 5위 표 3장으로 경쟁자들을 아슬아슬하게 따돌렸다. (총 득점 88점)

[한정훈 사이영상 2연패! 당연한 결과.]

[이변은 없었다. 한정훈 2년 연속 아메리칸리그 사이영상 수상!]

[압도적인 점수! 한정훈 생애 두 번째 사이영상 선정!]

뉴욕 언론들은 앞다투어 한정훈의 사이영상 소식을 전했다. 그러면서 넌지시 MVP 투표 결과에 대한 황금빛 전망을 내놓았다.

[사이영상 2연패 한정훈, 이번에는 MVP 도전!]

[ESPM 선정 2년 연속 선수 가치 1위는 한정훈. 그렇다면 MVP는?]

MVP를 수상할 유력 후보 중 한 명으로 꼽히는 그린 버드조차 자신의 SNS를 통해 MVP는 누가 뭐래도 한정훈이 되어야 한다고 말했다.

아메리칸리그의 다른 투수들도 마찬가지. MVP가 타자들의 전유물이 되어서는 안 된다며 이번에야말로 공정한 결과가 나오길 기대했다.

"어떻게 될 것 같아?"

"글쎄. 한정훈이 최고의 투수인 건 사실이지만 힘들지 않을까?"

"한정훈 정도면 받아도 상관없잖아. 이닝 소화력도 발군이고."

"그걸 모르는 기자들이 어디 있겠어? 다만 한정훈이라는 전례를 남기지 않으려고 하는 거지."

기자들도 실력만 놓고 봤을 때 한정훈이 MVP를 받는 게 당연하다고 인정했다.

하지만 매일같이 출전하는 타자들을 배제하고 사이영상 2연패를 한 한정훈에게 MVP까지 안겨줘야 하는지는 확답을 내리지 못했다.

MVP 투표 발표가 다가오자 하나둘 부정적인 기사가 쏟아졌다.

[한정훈, 예상 득표 2위. 그린 버드가 수상할 가능성 커.]

[양키즈, 투타 에이스 내세워 사이영상-MVP 싹쓸이하나.]

언론이 지목한 MVP 유력 후보는 양키즈의 4번 타자 그린 버드였다.

부상에서 돌아온 지난해 예열을 마친 그린 버드는 올 시즌 천재 타자로서의 면모를 유감없이 보여주었다.

타율(0.335)과 출루율(0.425)은 아메리칸리그 1위. 장타율(0.595)은 5위였다. OPS는 무려 1.020에 달했다.

어디 그뿐인가. 42개의 홈런을 때려내며 139명의 타자를 홈으로 불러들였다. 거기다 14개의 결승타를 때려내며 이 부분 아메리칸리그 공동 1위에 올랐다.

성적만 놓고 보자면 그린 버드도 충분히 MVP를 받을 만했다.

그린 버드의 대항마로 지목되던 레인저스의 4번 타자 조이 칼로의 예상 순위는 3위였다.

OPS 0.995에 홈런 45개, 타점 127타점, 거기에 도루 21개로 전천후 활약을 선보였지만 그린 버드의 아성을 넘긴 어렵다는 전망이 지배적이었다.

지난해 MVP였던 레드삭스의 모렐 카스티요의 예상 순위는 4위에 그쳤다.

51개의 홈런포를 쏘아 올리며 아메리칸리그 홈런왕에 오른 건 충분히 매력적이었지만 전체적인 지표가 작년만 못하다는 것이 발목을 잡았다.

게다가 팀 성적도 떨어졌다. 와일드카드로 포스트시즌에 진출하긴 했지만 양키즈에게 지구 1위를 빼앗겼다는 게 컸다.

물론 보스턴 언론은 모렐 카스티요가 MVP 2연패를 달성할 가능성이 크다고 열을 올렸다.

모렐 카스티요가 경쟁자인 그린 버드보다 홈런과 타점(144타점)에서 앞서는 만큼 승산은 충분하다고 본 것이다.

그런데 정작 뚜껑을 열자 의외의 결과가 나왔다.

그린 버드(양키즈) 1위 표 9장, 2위 표 6장, 3위 표 9장, 4위 표 6장. 총 294점.

조이 칼로(레인저스) 1위 표 8장, 2위 표 2장, 3위 표 8장, 4위 표 12장. 총 278점.

모렐 카스티요(레드삭스) 1위 표 7장, 2위 표 1장, 3위 표 7장, 4위 표 12장, 5위 표 3장. 총 266점.

한정훈(양키즈) 1위 표 6장, 2위 표 20장, 3위 표 4장. 총 296점.

놀랍게도 한정훈이 그린 버드를 2점 차이로 제치고 MVP로 선정된 것이다.

당초 한정훈을 2순위로 점쳤던 언론도 당혹스러움을 감추지 못했다.

MVP 투표에서 1표당 14점씩 주어지는 1위 표의 향방은 절대적이었다.

총 30장의 1위 표 중 한정훈을 지지한 건 단 6장에 불과했다. 언론이 꼽은 빅4 중 최소 득표였다.

이 결과대로라면 2위는커녕 지난해보다 못한 4위로 밀릴 가능성이 컸다.

그런데 한정훈이 위 표2위 표를 20장이나 쓸어 담으면서 변수가 생겨 버렸다.

2위 표로만 180점을 획득한 한정훈이 1위 표 차이로 생긴

42점의 점수 차이를 뒤집어버린 것이다.

한정훈이 3위 표 이하로는 표를 받지 않았다는 점도 고무적이었다.

반면 그린 버드는 경쟁 선수를 지지하는 기자들 때문에 4위 표를 6장이나 받았다. 그 차이가 2점 차 드라마틱한 뒤집기를 만들어냈다.

—정훈! 역시 네가 최고였어!

수상 결과를 확인한 그린 버드는 곧바로 한정훈에게 전화를 넣어 축하 인사를 전했다. 하지만 정작 모모코와 밀린 드라마를 보고 있던 한정훈은 어리둥절한 반응이었다.

"최고라니? 뭐가?"

—네가 MVP야! 네가 MVP로 뽑혔다고!

"뭐?"

그 순간 거실에서 꺄앗 하는 모모코의 비명 소리가 들렸다. 깜짝 놀라서 거실로 나와 보니 모모코가 울 것 같은 얼굴로 자신의 핸드폰을 내밀고 있었다.

-정훈이랑 드라마 본다고 했지? 걱정 마. 정훈이가 MVP다. 축하한다고 전해 줘.

하리모토 쇼타가 보낸 문자가 한정훈의 눈에 선명하게 들어왔다. 잘못 봤나 싶어 눈을 깜빡거리니 이번에는 손에 들고 있던 핸드폰이 울렸다.

-한정훈 선수, MVP 수상 진심으로 축하드립니다. 정신없으실 것 같으니 인터뷰는 일단 미루도록 하겠습니다.

"그러니까…… 내가 진짜 MVP가 된 거야?"

한정훈은 그제야 실감이 났다. 언론에서 2순위일 가능성이 크다고 발표한 이후 모모코가 실망해 할까 봐 일부러 드리마를 봤는데 MVP가 될 줄은 몰랐던 것이다.

"오빠! 정말 축하해요!"

모모코가 한정훈을 끌어안고 폴짝폴짝 뛰었다.

"모모코!"

한정훈이 그런 모모코를 그대로 안아 들고 침실로 돌진했다.

"오, 오빠! 지금은 이럴 때가……!"

모모코가 잠시 반항해 봤지만 소용없었다. 이미 한정훈은 이 기쁨을 모모코와 함께 나눠야겠다는 생각에 정신을 차리지 못했다.

한정훈과 모모코가 정신을 차리고 주변에 감사 인사를 돌린 건 그로부터 한 시간여가 지나서였다.

가족들은 모모코가 담당했다. 한정훈은 강혁 감독을 비롯해 야구 관련 지인들과 통화를 나누었다.

—고생했다. 이제 MVP에 대한 부담은 털어내고 마음 편히 야구 해라. 알았지?

강혁 감독이 웃으며 말했다. 내색하진 않았지만, 강혁 감독은 한정훈이 MVP에 대한 주변의 기대 때문에 속으로 힘들어했을 거란 사실을 잘 알고 있었다.

그래서 한국처럼 매번 MVP를 수상하는 건 어렵더라도 한 차례 정도는 수상해서 그 부담을 털어내길 바랐다.

—정훈아, 잘했다. 정말 잘했어. 너 1위 표 6장밖에 안 나와서 술 한잔하려고 옷 입고 있는데 너희 형수가 그러더라. 어쩌면 역전할지도 모르겠다고, 하하. 아무튼, 정말 축하한다! 난 너희 형수하고 술 한잔해야겠다. 크흐흐흐.

서재훈은 언제나처럼 기승 전주로 통화를 마쳤다.

마지막에 가서는 한정훈이 MVP를 수상해서 기쁜 건지 오랜만에 술 한잔할 수 있어서 좋은 건지 헷갈릴 정도였다.

—장하다, 정훈아. 지금처럼만 해. 알았지?

박찬오는 회의 중이라 통화를 길게 하지 못했다. 하지만 짧은 대화 속에서도 서로 진심은 충분히 전해졌다.

—너도 진짜 대단하다. 대단해. 어떻게 메이저리그 가서도 상이란 상은 다 쓸어 담냐?

-그러게. 아무튼 난 얘 때문에 무서워서 메이저리그 못 가겠다.

-헐, 누가 너 데려는 간다냐?

-왜 이래? 너나 나나 내년이면 해외 진출 가능하거든?

-둘 다 시끄러워. 양키즈는 내가 갈 테니까 너희는 찌그러져 있어.

MVP 투표 결과를 핑계로 한자리에 모여 술 한잔하고 있던 황철민과 이승민, 박기완은 메이저리그 진출에 대한 욕심을 부렸다.

포수인 박기완이야 반쯤 농담인 것 같았지만 선발 정착에 성공한 이승민이나 올 시즌 55개의 홈런을 때려낸 황철민은 충분히 가능한 상황이었다.

"그래, 가능하면 형들 다 양키즈로 와. 내가 잘해줄게."

분위기에 휩쓸린 한정훈도 웃음을 참지 못했다. 그럴 가능성은 턱없이 낮았지만 또 다른 한국인 선수들과 양키즈에서 야구를 하는 것도 나쁠 것 같지 않았다.

하지만 옛 동료들과 나누는 모든 이야기가 다 즐거운 건 아니었다.

-그런데 너 이번에 프리미어 12 나올 거냐?

갑작스럽게 화제가 국제대회 이야기로 흐르면서 한정훈의 표정도 굳어졌다.

"글쎄. 난 아직 모르겠는데."

한정훈이 애써 말을 아꼈다. 국가가 원한다면 가능한 출전하겠다는 의지는 변함이 없지만 직접 나서서 출전시켜 달라고 매달릴 생각은 없었다.

지난 월드 베이스 볼 클래식 때 한정훈의 선발이 불발된 것도 그런 이유 때문이었다.

2021년 봄, 최강 전력으로 WBC에 참가하려던 협회는 안팎으로 암초에 부딪쳤다.

"한정훈을 또 대표로 선발한다고?"

"메이저리그가 코앞인데, 그러다 부상이라도 당하면 어쩌려고 그러는 거야?"

"진짜 협회 이기적이네. 뭐만 하면 한정훈이야."

"한정훈 말고는 선수가 없냐?"

협회가 선수 분류 작업을 시작하자 적잖은 야구 팬이 한정훈 선발에 반대했다.

이번 시즌이 끝나면 메이저리그 진출이 확실시되는 한정훈을 봄에 열리는 WBC에 참가시키는 건 지나친 처사라는 것이었다.

미국 메이저리그 사무국에서도 한정훈의 합류에 대해 부정적인 입장을 전했다.

이제 곧 메이저리그에서 활약할 한정훈을 미리미리 보호

해야 한다는 구단들의 입김이 메이저리그 사무국까지 움직인 것이다.

궁지에 몰린 협회는 한정훈에게 직접 출전을 거부해 줄 것을 요청했다. 협회로서는 대놓고 나서기 어려우니 그 일을 한정훈에게 떠넘긴 것이다.

하지만 정작 WBC 참가를 위해 몸을 만들고 있던 한정훈은 협회의 결정에 배신감을 느껴야 했다.

결국 한정훈 선발 문제는 여러 잡음을 내며 무산됐다.

협회는 한정훈이 준비되지 않았다는 식으로 매도했고 베이스 볼 61은 협회가 무책임한 모습을 보인다며 맞받아쳤다.

그해 한정훈이 최고의 활약을 펼치고 메이저리그로 진출하면서 협회와의 갈등은 유야무야되긴 했지만, 그렇다고 해서 무작정 프리미어 12참가를 강행할 수 있는 상황은 아니었다.

–정훈이가 어떻게 와, 인마. 양키즈가 보내주겠냐?

–지난번에 WBC 때 정훈이하고 트러블이 있었잖아.

–하긴, 이번에도 정훈이를 곱게 선발하진 않겠지.

–정훈아, 승민이 이야기 신경 쓰지 마. 넌 이미 충분히 애국하고 있다. 한국에선 연일 네 이야기야.

–그래. 너 조만간 청와대 불려갈지도 몰라, 인마.

–그러니까 프리미어 12는 신경 쓰지 말고 푹 쉬어라. 그

정도 대회는 형들 선에서 끝낼 테니까.

-그래그래. 형들 믿고 내년 시즌 준비나 잘해. 알았지?

스톰즈 동료들은 협회도 더 이상 한정훈에게 이래라저래라 하지 못할 것이라고 여겼다.

하지만 지난 WBC에서 세대교체에 실패해 4강 진출에 실패한 터라 협회도 더는 메이저리그 사무국의 눈치를 볼 처지가 아니었다.

"한정훈을 선발해야 합니다."

"맞습니다. 한정훈이 불참한다면 이번 대회는 승산이 없어요."

선발 위원들은 한목소리로 한정훈을 원했다. 김인선 감독도 협회 측에 한정훈의 선발을 강력히 요청했다.

"양키즈에서 허락해 주겠습니까?"

"양키즈에 갈 것도 없이 메이저리그 사무국에서 먼저 반대할 겁니다."

협회는 한정훈 선발에 대해 여전히 부정적인 입장이었다. 물론 한정훈이 합류하면 전력이 크게 안정화될 것이라는 점은 인정했다.

그러나 한정훈이 지난 2년 사이 너무 커버렸다는 게 협회를 부담스럽게 만들었다.

과연 메이저리그에서 2년 연속 사이영상을 받은 데 이어

MVP까지 차지한 한정훈을 협회가 마음대로 휘두를 수 있을 것인가에 대해 그 누구도 확답을 내리진 못했다.

그렇다고 협회가 지난번처럼 한정훈에게 질질 끌려갈 수는 없는 노릇이었다.

가뜩이나 지난 WBC 이후 이미지가 좋지 않은데 괜히 한정훈을 걸고넘어졌다가 여론의 역풍을 맞을 가능성이 높았다.

그렇다고 선수 선발 위원회의 요청을 마냥 무시할 수도 없는 노릇이었다.

"일단 제안은 해보죠. 그리고 결과를 가지고 이야기합시다."

협회는 일단 메이저리그 사무국 쪽에 선수 차출에 대한 협조 공문을 보냈다.

미국이 주도하는 WBC가 아닌 일본이 주도하는 프리미어 12인 만큼 메이저리그 사무국에서 난색을 표할 거라 예상하면서.

그런데 정작 메이저리그 사무국은 양키즈와 문의하라는 답변을 보냈다. 게다가 양키즈의 답변도 협회의 예상과 완전히 달랐다.

"선수가 원하면…… 보내줄 수 있다고?"

"뭐야? 진심으로 하는 말이야?"

협회는 당혹감을 감추지 못했다. 메이저리그 사무국의 결정이야 아메리칸리그 투수 타이틀을 독식하는 한정훈을 견제하기 위한 입김이 작용한 것이라 해도 양키즈의 조건부 승낙은 눈곱만큼도 기대하지 않은 결과였다.

"이걸…… 어떻게 하죠?"

"어떻게 하긴 어떻게 해. 일단 덮어야지."

"그러다 알려지면요?"

"그건 그때 가서 수습하면 되는 거고. 게다가 한정훈이 원하면 보내준다잖아. 그럼 누가 가서 설득할 건데? 최 차장이 갈 거야? 아니면 조 팀장이 갈 거야?"

"그래도 총재님이 나서시면……."

"말도 안 되는 소리 하지 마! 고작 야구 선수 하나 데려오는 데 협회 총재가 움직이는 게 가당키나 한 이야기야?"

잠깐의 소란 끝에 협회는 양키즈의 답변을 비공개하기로 결정했다. 그렇게 하면 어느 정도 시간을 벌 수 있을 것이라 여겼다.

하지만 양키즈가 하리모토 쇼타의 프리미어 12 차출에 대해 마찬가지로 조건부 승낙했다는 소식이 전해지면서 야구계가 발칵 뒤집혔다.

협회는 뒤늦게 한정훈 차출 건도 역시 조건부 승낙을 받아냈다고 해명했지만 야구 팬들의 반응은 싸늘하기만 했다.

ㄴ협회 인간들은 일하는 거야, 안 하는 거야?

ㄴ진짜 이해가 안 간다. 양키즈에서 한정훈을 보내주겠다고 했는데도 지금까지 가만있는 거야?

ㄴ내 장담하는데 저러다가 한정훈이 거절했느니 어쩌니 이딴 말 나올 거다.

ㄴ솔직히 한정훈이 직접 나서서 참가가 어렵겠다고 말한다면 이해는 할 수 있어. 월드 시리즈까지 뛰었으니까 좀 피곤하겠냐. 하지만 해보지도 않고 안 하는 건 문제가 있는 거잖아.

야구 팬들의 불만은 날이 갈수록 커졌다. 게다가 불만은 온라인상에서만 머무르는 게 아니었다. 협회 항의 방문 같은 오프라인상의 움직임으로까지 확산했다.

"일 처리를 대체 어떻게 하는 겁니까?"

뒤늦게 협회의 보고를 받은 조일승 총재는 직접 베이스 볼 61 사무실을 찾았다. 그리고 박찬영 대표를 만나 그동안 협회 인사들의 무례함을 대신 사과했다.

"이제 찾아와서 미안합니다. 핑계 같겠지만 일선에서 일을 이런 식으로 처리했을 줄은 미처 몰랐습니다."

"아닙니다. 이제라도 이 문제가 잘 마무리되어서 다행스럽게 생각합니다."

"그럼 부탁 하나만 해도 되겠습니까?"

"네, 말씀하십시오."

"한정훈 선수를 설득하는 데…… 동행해 주십시오."

"아, 네. 저도 그럴 생각이었습니다. 그런데 협회에서는 누가 갈 예정인지요?"

"누가 가긴요. 당연히 제가 가야죠."

"네?"

갑작스러운 조일승 총재의 말에 박찬영 대표가 눈을 치떴다. 설마하니 조일승 총재가 직접 한정훈을 설득하기 위해 나설 것이라고는 예상하지 못한 것이다.

그러나 조일승 총재는 진심이었다.

"이런 이야기 민망하지만…… 저도 개인적으로 한정훈 선수 팬이거든요. 사인받으려고 사인볼도 준비했습니다. 하하하."

오히려 이렇게나마 한정훈을 사적으로 만나게 됐다며 무척이나 즐거워했다.

물론 한정훈은 갑작스러운 조일승 총재의 방문이 껄끄럽기만 했다.

고등학교 시절부터 데인 게 많아서인지 협회 고위 인사들은 마주하는 것만으로도 가슴이 답답해졌다.

하지만 다행히도 조일승 총재와의 만남은 즐거운 기억으로 남았다.

조일승 총재는 한정훈 앞에서 다시 한 번 협회의 무례함을 사과했다.

아울러 한정훈이 국가 대표팀을 위해 내세운 요구 조건을 모두 수용해 주었다. 그것도 구두가 아닌 서류상으로 말이다.

그뿐만 아니라 양키즈 구단을 방문해 한정훈 차출 문제를 직접 매듭지었다.

본래 이런 건 실무진끼리 서로 밀고 당기며 논의할 문제였지만 조일승 총재의 방문에 양키즈도 까다로운 조건을 내걸지 않았다.

"한정훈 선수, 훌륭한 결단을 내려줘서 정말 고맙고 또 고맙습니다. 내 약속한 대로 자비를 털어서라도 한정훈 선수와 국가 대표팀이 우승하는 데 아무런 불편함이 없도록 준비하겠습니다. 그러니 몸 관리 잘하시고 소집일에 다시 봅시다."

"네, 총재님. 조심히 가십시오."

조일승 총재와 한정훈이 공항에서 악수를 나누는 모습이 뉴욕 일간지에 대문짝만하게 실렸다. 그리고 그 기사가 전파를 타고 한국으로까지 퍼졌다.

ㄴ와우, 조 총재 일하는 클래스 보소?

ㄴ그래, 일은 이런 식으로 해야지. 밑에서 사고 쳤다고 알아서 수습하라고 하면 뭐가 되겠어?

ㄴ총재 임기 다 끝나가니까 쇼하는 거 아냐?

ㄴ쇼라고 해도 저게 어디냐?

ㄴ맞아. 저런 쇼라면 언제든지 환영이다.

야구 팬들은 한정훈을 직접 만나기 위해 움직인 조일승 총재에게 박수를 보냈다.

물론 일부에서는 협회의 총재가 너무 가볍게 행동한 게 아니냐는 이야기가 나오기도 했지만 대부분의 야구 팬은 한정훈이니까 충분히 그럴 수 있다는 입장이었다.

ㄴ한정훈은 김연경, 김연아랑 동급이라고. 뭘 알고 떠들어라.

ㄴ배구 협회도 김연경 한마디에 정신 차리고 일한 거 안 봤니?

ㄴ솔직히 베테랑들 전부 빠져 나갔는데 누구 데리고 야구할 건데? 한정훈 안 나오면 대안은 있어?

ㄴ한정훈이 있는 것과 없는 건 느낌이 다르지. 다른 나라들도 엄청 신경 쓰일 테니까.

지난 WBC 때와는 달리 야구 팬들은 한정훈의 대표팀 합류를 반겼다.

그때야 메이저리그 진출 직전이니 혹시나 하는 불안감을 감추지 못했지만 2년 연속 사이영상을 수상하고 MVP까지 차지한 지금은 상황이 달라졌다.

WBC를 기점으로 대한민국 야구 대표팀은 세대교체를 겪고 있었다.

한국 야구를 지탱해 주었던 주전급 선수가 대부분 대표팀 은퇴를 선언한 것이다.

협회는 한국 야구가 저력이 있는 만큼 세대교체를 단행해도 전력상 아무런 문제가 없을 것이라고 단언했다.

하지만 그 여파는 아시안 게임 경기력 논란으로 이어졌다. 대만을 물리치고 가까스로 금메달을 차지하긴 했지만, 대표팀의 경기력은 지난 대회보다 한참 떨어져 있었다.

대표팀을 인솔한 김인선 감독은 물론이고 선수들조차 모두 인정할 정도였다.

그렇다 보니 야구 팬들은 대표팀에 새로운 구심점을 원했다. 그리고 그 구심점이 될 수 있는 선수는 한정훈뿐이라는데 의견을 모았다.

한정훈도 조승재 총재와의 만남을 통해 대표팀 합류 의사를 긍정적으로 내비쳤다.

아직 실무자들 간의 논의가 남아 있긴 했지만 양키즈 구단은 물론이고 한정훈의 에이전시인 베이스 볼 61 역시 한정훈의 의사를 최대한 존중하겠다는 뜻을 밝혔다.

그리고 열흘 후.

언론을 통해 프리미어 12 최종 엔트리가 발표됐다.

투수 부분에 가장 먼저 이름을 올린 건 한정훈이었다.

김인선 감독은 인터뷰를 통해 한정훈의 합류로 대표팀이 프리미어 12, 3연패를 노릴 수 있게 됐다고 자평했다.

해외 주요 스포츠 언론들도 한정훈의 대표팀 합류를 비중 있게 보도했다.

특히나 일본 언론들의 경우 한정훈이란 산을 넘지 못하면 일본의 프리미어 12 최초 우승은 불가능할 거라고 입을 모았다.

"한국 대표팀에서 어떻게든 한정훈을 데려오리라고 예상은 했었습니다. 하지만 양키즈에서 별다른 출전 제한을 걸어놓지 않았다는 건 심각한 문제입니다."

"그렇습니다. 하리모토 쇼타에게 예선전 1경기와 본선 1경기 출장만 허락한 것과는 너무 비교되는 처사입니다."

"그 문제는 협회의 협상 능력 문제겠죠. 한국에서 총재가 직접 나섰는데 양키즈도 양보하지 않을 수 없었을 겁니다."

"중요한 건 한정훈이 몇 경기에나 나설 수 있느냐는 겁니다. 한정훈이 만약 개막전에 출전한다면…… 여러모로 골치 아파집니다. 예선 2경기와 8강전, 결승전까지 던질 수 있어요."

프리미어 12 일정은 개막전과 예선전, 그리고 본선 일정으로 구성됐다.

개막전과 예선전 일정이 나뉜 이유는 간단했다. 앞선 프리미어 12처럼 일본이 우승을 위해 한국과의 일전을 따로 빼놓았기 때문이다.

프리미어 12의 공식 예선 일정은 13일부터 18일까지 6일간.

이후 이틀을 쉬고 21일에 8강전, 23일에 4강전, 25일에 3, 4위전, 26일에 결승전이 치러진다. 그리고 한국과 일본의 개막전은 별도로 11일 도쿄 돔에서 열릴 예정이었다.

지난 1차 프리미어 12 때 한 차례 써먹은 경기 방식이라 일본 내부에서도 말이 많았지만, 주최 측은 이 이상한 일정을 이번 3차 대회 때도 밀어붙였다.

가장 큰 이유는 타도 한국.

한국의 대표팀이 세대교체를 겪으며 약해진 만큼 프리미어 12 초장에 기세를 꺾어놓겠다는 계산이 깔린 것이다.

하지만 덕분에 한정훈은 이번 프리미어 12에서 4번이나 등판할 수 있게 됐다.

11일 일본전.
16일 쿠바전.
21일 8강전.
그리고 26일 결승전.

전력이 약화됐다 하더라도 한국의 8강 진출 가능성은 컸다.

그렇다 보니 4강전만 승리할 경우 한국이 우승할 수 있는 시나리오가 만들어져 버렸다.

그나마 유일한 해결책은 양키즈가 출전 제한을 걸어주는 것이었다. 실제 하리모토 쇼타도 2경기 출전 제한이 걸린 상태였다.

하지만 양키즈는 한정훈에게 아무런 조건도 달지 않았다. 일각에서야 양키즈가 한정훈보다 하리모토 쇼타를 더 중요하게 여기고 있다는 말들이 나돌긴 했지만 그건 그야말로 헛소리에 불과했다.

양키즈가 한정훈을 강제하지 못하는 가장 큰 이유는 한정훈이기 때문이다.

한정훈은 사이영상 2연패에 MVP 수상자였다.

양키즈와 2년 더 계약이 남아 있다곤 하지만 그 이후에도 양키즈 유니폼을 입을지는 그 누구도 장담하지 못했다.

그렇다 보니 오랜만에 대표팀으로 승선하게 된 한정훈에게 이래라저래라 간섭하지 못하는 것이다.

다행히 한국 대표팀의 김인선 감독은 예선전에서 한정훈을 무리시킬 생각이 없음을 분명하게 했다.

한정훈이 필요한 건 결선 무대라며 예선전에서 배제시킬 생각도 있다고 밝혔다.

그러나 예선 일정상 그럴 가능성은 적어 보였다. 주최 측은 당초 한국의 1선발로 유력했던 이승민을 겨냥해 일부러 강호들과의 경기를 배치했다.

한정훈에 이어 스톰즈의 에이스로 발돋움한 이승민이라 하더라도 일본과 쿠바는 쉽지 않은 상대였다.

한국, 일본, 쿠바, 멕시코, 네덜란드, 베네수엘라가 속한 A그룹에서 한국이 경계해야 할 나라는 일본, 쿠바, 베네수엘라였다.

만에 하나 한국이 이 세 나라에 패배한다면 8강에 진출하더라도 B 그룹에서 올라온 미국이나 도미니카 공화국 같은 강호를 만나게 될 가능성이 컸다.

미국이야 예년처럼 젊은 메이저리거들로 팀을 꾸렸다지만 도미니카 공화국은 이번 대회에 초호화 엔트리를 제출한 상태였다.

단순히 선수들의 이름값만 놓고 봤을 때 도미니카 공화국이 우승에 가장 근접했다는 말이 나올 정도였다.

일본으로서도 한국을 꺾어놓아야 베네수엘라, 쿠바와 1위 자리를 놓고 다툴 수 있었다.

만약 첫판부터 한국에 깨진다면 지난 2회 대회처럼 8강전부터 고전하게 될지 몰랐다.

"한국전 선발은 하리모토 쇼타가 나가야 합니다."

"제 생각도 같습니다. 아직 경험이 부족하긴 하지만 하리모토 쇼타라면 한정훈에게 쉽게 밀리지 않을 겁니다."

몇몇 전문가는 한정훈이 나올 게 확실시되는 개막전에 하리모토 쇼타를 내세워 맞불을 놓자고 말했다. 하리모토 쇼타가 아니더라도 일본에 실력 있는 투수가 많으니 굳이 아낄 필요가 없다는 것이다.

하지만 대다수의 전문가는 하리모토 쇼타를 굳이 개막전에 희생시킬 필요는 없다고 말했다.

"하리모토 쇼타는 확실한 1승 카드입니다. 대체 무슨 생각으로 개막전에 내보내야 한다는 건지 모르겠습니다."

"경험 부족이요? 하리모토 쇼타는 올 시즌 양키즈 우승에 크게 기여했습니다. 아울러 지난 2년간 18승씩을 올렸고요. 한정훈을 제외한 신인 투수 중 하리모토 쇼타보다 더 잘 던진 투수는 없습니다. 양키즈가 하리모토 쇼타에게 출전 제한을 건 것도 그런 이유 때문이겠죠."

"지금 일본이 믿을 수 있는 투수는 오타니 쇼헤와 하리모토 쇼타밖에 없습니다. 그리고 일본이 반드시 꺾어야 하는 나라는 셋입니다. 그런데 하리모토 쇼타를 개막전에 내보내자니요. 한국에서 한정훈을 아낀다면 또 모르겠지만 예상대로 한정훈을 내세운다면 전 절대 반대입니다."

"저 역시 동감입니다."

재일교포라는 이유로 하리모토 쇼타는 일본 전문가들 사이에서 여전히 실력보다 낮은 평가를 받고 있었다.

하지만 하리모토 쇼타를 버리는 카드로 사용하는 건 미친 짓이라는 점에 대해서는 대부분의 일본 전문가가 공감하고 있었다.

"그렇다면 어떻게 하란 말입니까? 이대로 한국에게 조 1위 자리를 넘겨주자는 소리입니까?"

"그 말씀은 개막전에서 한국이 이기면 무조건 조 1위가 될 수 있다는 이야기입니까?"

"지금 나와 말장난하자는 겁니까!"

"상식적으로 생각해 봐요. 한국에서 내세울 투수는 한정훈뿐입니다. 김강현도 없고 양현종도 윤성민도 없어요. 그런데 한국이 조 1위를 한다는 보장이 어디 있습니까?"

"그건……."

"한정훈을 배제했을 때 일본의 전력이 훨씬 낫습니다. 그건 한국도 인정하는 부분이죠. 하지만 프리미어 12에 참여하는 팀들의 수준을 무시해서는 곤란합니다."

"맞습니다. 한국이 한정훈을 내세워 개막전을 가져가더라도 잔여 경기에서 전승을 거둘 가능성은 적습니다. 그 점을 잘 활용한다면 그룹 1위로 8강전에 진출한다는 애당초 계획은 충분히 실현할 수 있습니다."

전승 우승만이 목표라는 전문가들과 조 1위에 진출하는 게 우선이라는 전문가들의 의견 대립은 쉽게 끝나지 않았다. 오죽했으면 일본의 한 신문사에서 이에 대한 여론 조사를 할 정도였다.

그 결과 응답자의 77%가 조 1위가 우선이라는 의견에 동의했다.

전승 우승을 노린답시고 개막전에 오타니 쇼헤나 하리모토 쇼타를 내보냈다가 패배하게 될 경우의 후유증을 걱정한 것이다.

논란이 거세지자 일본 대표팀도 개막전 선발을 놓고 장고에 들어갔다.

그사이 한정훈을 필두로 한 한국 대표팀은 조일승 총재가 약속한 대표팀 전세기를 타고 일본에 도착했다.

130장
프리미어 12(1)

“우리의 목표는 우승입니다.”

개막전을 위해 도쿄로 온 김인선 감독은 인터뷰를 통해 한국 대표팀의 목표를 분명하게 정했다.

우승.

프리미어 리그 12, 3연패.

대부분의 참가국이 대회 우승을 언급했지만, 한국의 우승 발언은 주최국인 일본을 자극하기에 충분했다.

“개막전 선발은 누구입니까?”

“다들 예상했다시피 한정훈 선수가 등판할 겁니다.”

“한정훈 선수에 대한 혹사 논란이 있던데 이 점에 대해 어떻게 생각하십니까?”

"한정훈 선수가 월드 시리즈를 치르고 제대로 된 휴식기를 갖지 못했다는 점 잘 알고 있습니다. 그래서 한정훈 선수의 컨디션은 별도로 체크하고 있습니다."

"한국 내에서도 한정훈 선수에게 지나치게 의존한다는 비판의 목소리가 높던데요. 한정훈 선수가 아닌 다른 선수에게 개막전을 맡길 의향은 없습니까?"

"지금으로서는 없습니다."

"한정훈 선수가 아니면 일본을 이길 자신이 없나요?"

"야구는 해봐야 아는 거겠지만 오히려 일본이 한정훈 선수를 지나치게 무서워한다는 생각이 드네요."

김인선 감독은 일본 기자들의 견제를 가볍게 받아넘겼다. 한정훈이 대회에 참가한 마당에 굳이 일본 언론들과 입 아프게 입씨름을 할 이유는 없다고 판단했다.

"일본에서는 누가 나올 것 같아?"

김인선 감독이 이선철 수석 코치를 바라보며 물었다.

"우리 쪽에서 정훈이라고 단언했으니 아마 오타니 쇼헤와 하리모토 쇼타는 아끼는 쪽으로 갈 가능성이 큽니다."

"그렇다면 누가 남지?"

"본래는 스기노 토모유키인데 오리올스에서 차출을 거부해서 지금은 타구치 카스모토가 유력합니다."

애당초 일본 대표팀의 오크보 유키 감독은 오타니 쇼헤-

하리모토 쇼타-스기노 토모유키로 이어지는 3인 선발 체제를 구상했다.

그리고 올 시즌 퍼시픽리그 다승왕을 차지한 타구치 카스모토를 스윙맨으로 끼워 넣었다.

본래 13일부터 18일까지 열리는 예선전을 기준으로 봤을 때 최소 4명의 선발이 필요했지만 일본은 11일에 한국과 먼저 개막전을 가졌다.

이후 13일, 15일, 16일, 18일에 경기가 잡혀 있어 11일 선발이 16일에, 13일 선발이 18일에 다시 등판하는 게 가능했다.

그래서 오쿠보 유키 감독은 선발투수를 대신해 28인 엔트리에 불펜 투수를 추가했다. 그리고 기존의 예비 선발인 타구치 카스모토를 3선발로 승격시켰다.

"타구치 카스모토를 정말 내보낼까?"

"달리 방법이 없을 겁니다. 우리 다음이 쿠바고 그다음은 베네수엘라입니다. 한국전을 포기하는 대신 최대한 승수를 쌓으려는 작전이라면 쿠바와 베네수엘라를 모두 잡아야 합니다. 아마 그 경기에 오타니 쇼헤와 하리모토 쇼타를 투입하겠죠."

이선철 수석 코치의 예상은 정확했다.

그날 저녁.

"개막전 선발은…… 타구치 카스모토입니다."

일본 대표팀을 맡은 오쿠보 유키 감독은 기자회견을 통해 자존심보다 실리를 챙기겠다는 뜻을 전했다.

"타구치 카스모토라고?"

"그럼 우리도 정훈이 대신 다른 선발 내세워야 하는 거 아냐?"

뉴스를 전해 들은 한국 대표팀 선수들은 저마다 웃음을 감추지 못했다.

매리너스의 에이스 오타니 쇼헤와 양키즈의 2선발 하리모토 쇼타가 아니라는 것만으로도 일본전은 여유롭게 승리할 수 있다는 착각에 빠진 것이다.

하지만 스기노 토모유키의 불참에도 오쿠보 유키 감독이 선발투수를 보강하지 않은 건 타구치 카스모토를 그만큼 믿기 때문이었다.

2014년 프로에 입단해 스기노 토모유키의 뒤를 이어 요미다의 에이스로 활약중인 타구치 카스모토는 체구가 작았다. 170㎝. 상대적으로 높은 마운드에 올라서도 특별한 위압감이 느껴지지 않는 투수였다.

게다가 구속도 빠른 편이 아니었다. 프로 데뷔 이후 웨이트 트레이닝을 통해 향상됐다던 포심 패스트볼의 평균 구속은 147㎞/h 수준에 불과했다.

좌완이라는 이점이 없었다면 단순히 구속만으로는 대표팀에 승선하기 어려운 상황이었다.

그러나 타구치 카스모토는 특유의 제구력을 앞세워 한국 대표팀 타자들을 차례차례 제압해 나갔다.

포심 패스트볼은 생각 이상으로 묵직했고 체인지업과 커브, 슬라이더 모든 구종이 완벽했다.

특히나 두 종류의 슬라이더는 타구치 카스모토를 처음 상대하는 타자들의 타이밍을 완전히 빼앗아 버렸다.

—타구치 카스모토! 6번 타자 구자운을 삼진으로 돌려세웁니다.

—대단하네요. 분명 볼카운트를 투 볼로 시작했었는데요.

—슬라이더를 연달아 던지며 파울을 유도해 낸 게 주효했던 것 같습니다.

타구치 카스모토가 5회까지 퍼펙트 피칭을 이어가자 일본 중계진의 목소리가 점점 높아졌다.

도쿄 돔을 가득 메운 일본 관중들도 어쩌면 다구치 카스모토의 호투 덕분에 한국을 잡아낼 수 있을 거란 희망을 품기 시작했다.

하지만 정작 더그아웃으로 돌아간 타구치 카스모토는 땀

을 비 오듯 쏟아냈다. 거의 매 공마다 전력을 다해 던진 탓에 평소보다 더 힘에 부치는 모습이었다.

반면 한정훈은 언제나처럼 여유가 넘쳤다.

퍼엉!

한정훈이 내던진 초구가 순식간에 홈 플레이트를 스치고 지나갔다.

전광판 구속은 161km/h.

시즌이 끝난 터라 구속이 많이 떨어졌다는데도 한정훈의 공은 여전히 160km/h를 넘나들고 있었다.

"미치겠군."

야니기타 유이가 고개를 저었다. 메이저리그 진출 이후 일본 대표팀 부동의 4번 타자로 군림하고 있다지만 어처구니없이 빠른 한정훈의 공은 도저히 때려낼 자신이 없었다.

그야말로 슈웅 하고 날아와서 퍽 하고 꽂혔다.

만화에서나 나올 법한 빠르고 강력한 포심 패스트볼로 자신을 비롯한 일본 대표팀 타자들을 유린하고 있었다.

게다가 무브먼트도 엄청났다. 메이저리그의 강타자들과 싸우면서 더욱 거칠어진 공은 홈 플레이트에 똑바로 날아오는 법이 없었다.

인정하고 싶지 않았지만 한정훈만큼은 인정할 수밖에 없었다. 아시아 최고의 투수를 뛰어넘어 세계 최고의 투수라 해도 과하지 않을 것 같았다.

그런데도 일본 관중들은 야니기타 유이라면 한정훈의 공을 때려내 줄 거라 기대했다.

"야니기타! 뭐 하는 거야!"

"한 방 날려! 넘겨 버리라고!"

일본 관중들의 목소리가 야니기타 유이를 자극했다.

"젠장할."

야니기타 유이가 마지못해 방망이를 들어 올렸다. 하지만 대표팀 주전 포수 박기완의 눈에는 그 모습이 조금도 위협적으로 느껴지지 않았다.

'하나 더.'

박기완이 야니기타 유이의 몸 쪽으로 미트를 밀어 넣었다.

한정훈이 메이저리그로 떠난 2년 사이 박기완의 리드는 더욱더 공격적으로 변해 있었다.

"형을 누가 말리냐."

한정훈이 피식 웃으며 고개를 끄덕였다.

프리미어 12 우승 후보 중 하나인 일본의 4번 타자를 상대로 연거푸 몸 쪽 포심 패스트볼을 던지는 건 미친 짓에 가까웠지만 투수판을 힘껏 박차는 한정훈의 모습 속에서는 일말의 망설임조차 느껴지지 않았다.

후아앗!

바람을 가르며 새하얀 공이 곧장 마츠다 타츠이의 몸 쪽으로 파고들었다.

야니기타 유이가 반사적으로 방망이를 휘둘러 봤지만 공은 그보다 한발 먼저 홈 플레이트를 스쳐 지났다.

"스트라이크!"

포구를 확인한 대만 구심이 단호하게 오른팔을 들어 올렸다.

"젠장할!"

야니기타 유이의 입에서 또다시 욕지거리가 터져 나왔다.

—야니기타 유이, 집중해야 합니다.

—한정훈의 패스트볼을 두 개나 놓쳤습니다. 둘 다 한복판으로 걸쳐 들어오는 공이었어요.

—일본 대표팀 타자들, 아직까지 한정훈을 상대로 안타를 뽑아내지 못하고 있는데요.

—호투하고 있는 타구치 카스모토를 생각해서라도 여기서 뭔가 결과를 내야 합니다.

조금 전까지만 해도 들떴던 일본 중계진의 분위기가 심각하게 변했다. 반면 조금 전까지 아쉬움을 감추지 못했던 한국 중계진은 잔뜩 신이 나 있었다.

—서재훈 위원, 이번 3구째는 어떤 공이 들어올 거라 예상하십니까?

—글쎄요. 솔직히 한정훈 선수가 워낙에 모든 공을 잘 던지니까 예상하기가 쉽지 않겠지만 저라면 다시 한 번 포심 패스트볼로 밀어붙여 볼 것 같습니다.

—3구 연속 포심 패스트볼이요?

—많은 분이 구속만 보고 걱정을 하실지 모르겠습니다만 사실 이 시점에서 구속은 큰 의미가 없습니다. 프로 선수라면 다들 정규 시즌에 맞춰 체력 관리를 해오기 때문에 지금쯤이면 지칠 수밖에 없습니다. 그건 타자들도 마찬가지죠. 한정훈 선수의 평균 구속이 대략 5km/h 정도 빠졌는데 타자들의 눈에는 아마 정규 시즌 중에 봐왔던 그 어떤 공보다도 빠르게 느껴질 겁니다.

—그래서 일본 타자들이 하나같이 스윙이 늦는 거로군요?

—네, 그렇습니다. 대표팀 소집 후 자체 청백전으로 훈련 감각을 끌어올렸다 하더라도 시즌 종료 후 긴장이 풀어졌기 때문에 100% 컨디션을 회복하기란 애당초 불가능한 일입니다.

—그런데도 한정훈 선수는 여전히 160km/h가 넘는 공을 던지는데요.

—그러니까 한정훈이죠. 괜히 한정훈이겠습니까?

—하하. 그렇군요. 말씀드리는 순간 한정훈 선수, 3구를 던집니다. 스트라이크! 야니기타 유이를 스탠딩 삼진으로 잡아냅니다.

—크아, 그야말로 환상적인 공이었습니다.

—서재훈 위원 예상대로 이번에도 포심 패스트볼인데요.

—솔직히 찍었는데 한정훈 선수가 포심 패스트볼 던져 주니까 정말 기분 좋네요. 한국 들어가면 삼겹살에 소주 한 잔 사야겠습니다.

한정훈은 5번 타자 나키타 쇼우와 6번 타자 시가모토 하야트를 연속 삼진으로 돌려세우며 이닝을 마쳤다.

나키타 쇼우와 시가모토 하야트가 어떻게든 한정훈의 공을 맞혀보려 노력했지만 소용없었다.

"역시나 쉽지가 않군."

유유히 마운드를 내려가는 한정훈을 바라보며 오쿠보 유키 감독이 쓴웃음을 지었다. 한정훈이 개막전 선발로 예정된 순간부터 어느 정도 각오를 하긴 했지만, 한정훈은 강해도 너무 강했다.

"투수를 바꾸는 게 좋을 것 같은데요."

가츠오 요시 투수 코치가 조심스럽게 말을 붙였다. 5회 말 공격이 6분 만에 끝나 버린 탓에 타구치 카스모토의 호흡이 아직 돌아오지 않고 있었다.

"타구치의 투구 수는?"

"88구입니다."

"보통 100개 전후로 던지지 않았나?"

"올 시즌에 127구까지 던진 적은 있습니다만 보통 100구 이전에 교체가 되곤 했습니다."

"흠……."

오쿠보 유키 감독이 손가락으로 턱 끝을 긁었다. 가츠오 요시 코치의 말대로라면 이르긴 해도 타구치 카스모토를 바꿔주는 편이 나을 것 같았다.

그런데 불펜에서 당혹스러운 연락이 왔다. 한정훈이 이닝을 너무 빨리 끝낸 탓에 5회 초부터 준비하던 불펜 투수들이 아직 몸이 풀리지 않았다는 것이다.

오쿠보 유키 감독은 어쩔 수 없다는 얼굴로 타구치 카스모토를 다시 마운드 위에 올렸다. 한국 대표팀의 타순이 7번부터 시작하는 만큼 실점 없이 막아낼 수 있을 거라 생각한 것이다.

"후우……."

타구치 카스모토도 마지막이라는 생각으로 힘을 냈다. 앞선 3회에서도 공 6개로 7, 8, 9번 하위 타순을 잡아냈던 터라 어느 정도 자신감도 있었다.

그런데 7번 타자 안치홍에게 좌중간 2루타를 허용하면서 분위기가 완전히 바뀌어 버렸다.

–아아, 타구치 카스모토! 오늘 경기 첫 번째 안타를 허용합니다.

–실투였어요. 공이 거의 한복판으로 몰렸습니다. 지금까지 잘 던졌는데요. 이 시점에서 실투가 나오다니, 정말 안타깝습니다.

–타구의 방향도 좋았습니다. 좌익수와 중견수 한가운데 떨어졌습니다.

–타구치 카스모토! 잊어버려야 합니다. 지금까지 잘 던졌던 것만 기억해야 해요.

–서두를 필요 없습니다. 8번과 9번입니다. 침착하게 승부할 필요가 있습니다.

한정훈에게 맞서 퍼펙트 피칭을 이어가던 타구치 카스모토가 2루타를 얻어맞자 일본 중계석이 발칵 뒤집혔다.

타구치 카스모토의 투구 수 때문에 이번 이닝이 마지막일 거라 짐작은 했지만 설마하니 이렇게 빨리 위기가 찾아올 줄은 미처 예상하지 못한 것이다.

한국 대표팀 벤치도 갑작스러운 안치홍의 2루타에 부산하게 움직였다.

"작전을 거는 게 좋을까?"

"허경인의 타격감이 좋지 않습니다. 안치홍을 3루로 보낸다 한들 허경인이 불러들인다는 보장은 없습니다."

"그럼? 이대로 밀고 나가자?"

"아마 일본은 우리가 번트를 댈 거라 생각할 겁니다. 그걸 역으로 파고드는 것도 나쁘지 않아 보입니다."

이선철 수석 코치는 페이크 번트 앤드 슬러시를 제안했다.

소속 팀에서 5번과 6번을 번갈아 치는 박기완은 작전 수행 능력이 생각만큼 좋지 않았다. 괜히 이런 상황에서 번트를 대도록 하는 것보다는 강공으로 밀어붙이는 게 낫다고 판단했다.

"좋아, 그렇게 하지."

김인선 감독도 이내 고개를 끄덕였다. 마운드 위에 다른 투수가 있었다면 고민스러웠겠지만, 한정훈이 버티는 만큼 한 번쯤은 모험을 걸어 봐도 나쁘지 않을 것 같았다.

이선철 수석 코치는 직접 3루 코치에게 사인을 냈다. 그리고 그 사인이 박기완에게 전해졌다.

툭. 툭.

헬멧을 가볍게 두드린 뒤 박기완은 보란 듯이 번트 자세를 취했다. 마치 다른 작전 따위는 나올 수가 없다며 어떻게든 번트를 대겠다는 태도를 보였다.

'수상한데?'

일본 대표팀 포수 나카무라 요헤이가 바깥쪽으로 흘러 나가는 공을 요구했다. 혹시라도 페이크 번트 앤드 슬러시 작전이 나왔을지도 모른다고 의심한 것이다.

타구치 카스모토는 가볍게 고개를 끄덕였다. 고개를 돌려 2루 주자 안치홍을 한 차례 견제한 뒤 나카무라 요헤이의 미트를 향해 힘껏 공을 내던졌다.

후앗!

바깥쪽 스트라이크존으로 걸치듯 날아들던 공이 마지막 순간 바깥쪽으로 휘어져 나갔다. 그러자 박기완이 냉큼 방망이를 거둬들였다. 그리고는 안도의 한숨을 내쉬는 게 하마터면 당할 뻔했다 하는 표정이었다.

'정말 번트인가 본데?'

잠시 고심하던 나카무라 요헤이가 2구째 몸 쪽 높은 포심 패스트볼을 요구했다.

타구치 카스모토는 이번에도 고개를 끄덕였다. 몸 쪽 하이 패스트볼이라면 박기완도 쉽게 번트를 대지 못할 것이라 여겼다.

후아앗!

타구치 카스모토가 힘껏 내던진 공이 박기완의 몸 쪽을 향해 날아들었다. 그 순간.

따악!

박기완이 번트 자세를 풀고 빠르게 방망이를 휘돌렸다. 가뜩이나 타구치 카스모토의 구위가 떨어진 상태에서 눈높이로 공이 들어오니 놓치고 싶어도 놓칠 수가 없었다.

타구는 유격수 시가모토 하야트의 키를 살짝 넘겨 좌익수 쪽으로 굴렀다.

그사이 2루 주자 안치홍이 3루를 돌고 홈으로 내달렸다.

"홈! 홈!"

좌익수 하리타 료스케가 공을 잡기가 무섭게 시가모토 하야트가 크게 소리쳤다.

하리타 료스케는 망설이지 않고 공을 홈으로 던졌다. 한정훈을 상대로 선취점을 내준다는 게 어떤 의미인지 누구보다 잘 알기 때문에 내린 과감한 결단이었다.

그러나 송구는 오른쪽으로 크게 빗나갔다. 포수 나카무라 요헤이가 공을 잡았을 때는 이미 안치홍이 홈 플레이트를 밟은 뒤였다.

게다가 1루 주자 박기완도 어느새 2루에 들어가 있었다.

1 대 0.

전광판의 점수가 바뀐 상황에서 또다시 무사 2루의 기회가 이어졌다.

"젠장할."

경기를 지켜보던 오쿠보 유키 감독의 입에서 절로 욕지거리가 터져 나왔다. 타구치 카스모토가 이 위기를 이겨내 주길 바랐건만 오히려 선취점을 내주고 말았다.

이 상황에서 타구치 카스모토를 더 끌고 가는 건 의미가 없었다.

"투수 교체해."

오쿠보 유키 감독은 즉시 하드 뱅크의 마츠모리 유키를 투입했다. 이 96년생 좌완 투수는 올 시즌 스윙맨 역할을 하며 무려 10승을 거두었다.

오쿠보 유키 감독도 마츠모리 유키가 최대한 긴 이닝을 소화해 주길 바랐다.

개막전 일정상 불펜을 전부 쏟아부어도 상관은 없었지만, 한정훈이 홀로 버티는 한국을 상대로 인해전술을 펼쳤다는 소리는 듣고 싶지 않았다.

마츠모리 유키는 9번 타자 허경인과 1번 타자 정수민을 연속 삼진으로 돌려세우며 오쿠보 유키 감독의 기대에 부응했다.

하지만 방심하다 2번 타자 김호영에게 기습 번트 안타를 내주며 급격히 흔들렸다.

–2사 1, 3루 상황에서 타석에 황철민 선수 들어서고 있습니다.

–황철민 선수. 프리미어 12 성적과 상관없이 올 시즌을 채우면 해외 진출 자격을 얻게 되는데요.

–이번 대회를 통해 자신의 주가를 높이겠다고 의지를 다졌는데 이번 타석에서 좋은 모습을 보여주었으면 좋겠습니다.

–전 충분히 기대해 볼 만하다고 봅니다. 앞선 타석에서 잘 맞은 타구가 야수 정면으로 갔거든요.

서재훈은 황철민이 추가점을 내줄 수 있을 것이라 확신했다. 은퇴 이후 해설가로 활동하며 경험을 쌓다 보니 이제는 선수 눈빛만 봐도 감이 딱 오는 모양이었다.

한정훈도 더그아웃에서 황철민의 한 방을 기대했다. 황철민의 바람대로 해외 진출의 꿈을 이루려면 모두의 시선이 집중된 개막전에서 확실한 결과를 만들어내야 했다.

그런 주변의 기대 때문일까.

"스트라이크!"

황철민은 초구와 2구 모두 헛스윙으로 물러났다. 마츠모리 유키가 황철민을 의식해 정면 승부를 피했는데 의욕이 넘치는 황철민이 공을 보지도 않고 방망이를 휘둘러 버린 것이다.

덕분에 황철민을 거를 생각까지 했던 일본 대표팀 배터리의 생각이 달라졌다. 황철민보다 아직 컨디션이 올라오지 않은 박병훈과 어렵게 승부를 해 볼 계획이었는데 굳이 그럴 필요가 없어진 것이다.

'바깥쪽 꽉 차게 던져.'

나카무라 요헤이가 바깥쪽으로 미트를 움직였다.

구종은 포심 패스트볼.

아직 황철민이 단 한 번도 겪어보지 못한 공이었다.

마츠모리 유키는 단단히 고개를 끄덕였다. 그리고 주자들을 무시한 채 나카무라 요헤이의 미트를 향해 힘껏 공을 내던졌다.

후아앗!

마츠모리 유키의 손끝을 빠져 나온 공이 황철민의 등 뒤에서 한복판을 지나 바깥쪽으로 도망치듯 빠져 나갔다. 바깥쪽 공을 노리고 있지 않았다면 쉽게 공략하기 어려운 코스였다.

하지만 황철민은 망설이지 않고 방망이를 내돌렸다.

따악!

긴 팔을 이용해 쭉 뻗어낸 방망이 한가운데로 묵직함이 걸려들었다. 그 느낌을, 황철민이 그대로 담장 밖으로 날리듯 밀어냈다.

—큽니다! 계속 날아갑니다!

—어, 어!

—좌익수 뒤로! 좌익수 뒤로! 좌측 담장! 넘어갔습니다!

—와……! 진짜 저 소름 돋았습니다. 어떻게 저걸 넘기나요?

—저는 서재훈 위원 때문에 더 소름 돋았습니다. 어떻게 이걸 또 맞추십니까?

한국 해설진의 호들갑 속에서 황철민이 천천히 다이아몬드를 돌았다.

그리고 김인선 감독을 비롯한 코칭스태프, 선수들과 하이파이브를 나눈 뒤 마지막으로 한정훈과 주먹을 부딪쳤다.

"나이스 홈런."

"그럼 나 양키즈 갈 수 있는 거냐?"

"경기당 홈런 하나씩 때리다 보면 아마도?"

"짜샤, 안 가. 더럽고 치사해서 양키즈 안 가, 인마."

"어쨌든 고마워. 형 덕분에 이제 좀 편히 던지겠다."

농담이 아니라 한정훈은 황철민의 홈런이 너무나 반가

웠다.

일본 대표팀의 수준을 생각했을 때 1 대 0에서 끝났다면 제아무리 한정훈이라 하더라도 마지막까지 긴장감을 늦추지 못했을 것이다.

하지만 4 대 0이라면 이야기는 달랐다. 이제부터는 큰 걸 얻어맞더라도 조금 더 공격적인 피칭을 펼칠 수 있었다.

"살살해, 인마. 쟤들 너 때문에 노이로제 걸리겠다."

황철민이 씩 웃으며 한정훈의 옆구리를 쿡 찔렀다. 일본 선수들의 반쯤 질린 듯한 얼굴을 보고 있자니 괜히 자신이 미안해질 정도였다.

아직 5회 말이 있었다. 일본 대표팀에게는 네 번의 공격 기회가 남아 있었다.

세계 야구 랭킹 1위를 달리는 일본 대표팀에게 4이닝 동안 네 점을 쫓아가는 건 충분히 가능한 일이었다.

게다가 홈에서 열리는 국제 대회였다. 그것도 개막전이고 상대는 하필 영원한 라이벌 한국이었다. 이 상황에서 3점 홈런을 맞았다면 보란 듯이 독기를 품어야 정상이었다.

하지만 일본 대표팀 선수들은 하나같이 허탈한 모습들이었다.

마치 '오늘 경기는 틀렸어'라고 말하듯 말이다.

이 모든 게 한정훈 때문에 벌어진 일이었다. 한정훈이 마운드에서 버티고 있으니 일본 대표팀 타자들이 고작 4점에 전의를 상실하고 만 것이다.

이 와중에 4번 타자 박병훈이 바뀐 투수 노리토모 다카히로의 초구를 받아쳐 또다시 오른쪽 담장을 넘겨 버렸다. 그리고 그 한 방으로 일본의 추격 의지는 완전히 꺾어버렸다.

-경기 끝났습니다. 한국 대표팀이 숙적 일본 대표팀을 9 대 1로 누르고 개막전에서 승리를 챙겨갑니다.

개막전 선발로 등판한 한정훈은 7이닝 무피안타 무사사구 무실점으로 프리미어 12 첫 승리를 챙겼다.

탈삼진은 14개.
개막전 MVP도 한정훈이 가져갔다.

131장

프리미어 12(2)

개막전에서 승리한 한국 대표팀은 기세를 몰아 네덜란드와 멕시코를 격파하고 조 1위를 질주했다.

네덜란드전에서는 성진우가 6이닝 1실점으로 호투했다. 타자들도 경기 초반에 6점을 뽑아내며 성진우의 어깨를 가볍게 만들어주었다.

멕시코전은 이승민이 6.2이닝 무실점으로 맹활약했다.

한정훈이 메이저리그에 진출한 이후 실력이 급성장한 덕분인지 22명의 타자를 상대로 안타 1개와 사사구 1개만을 내주었다.

반면 일본은 믿었던 오타니 쇼헤가 쿠바전에서 무너지면서 1승 2패로 공동 4위로 밀려나 있었다.

하리모토 쇼타가 베네수엘라를 상대로 7이닝 2실점 호투를 펼치며 일본 대표팀의 첫 승을 이끌었지만, 일본 언론들의 반응은 냉랭하기만 했다.

[일본 대표팀. 프리미어 12 예선 3경기 만에 첫 승 신고!]

[오쿠보 유키 감독. 예선 라운드 부진 심각. 이대로는 본선 라운드도 장담하기 어려워.]

일본 언론들은 대놓고 오쿠보 유키 감독 체제를 비난했다.

상대 투수가 한정훈이었으니 한국전에서 대패한 건 그럴 수 있다 치더라도 꼭 잡아야 했던 쿠바전에서 투수 운용 실패로 역전패당한 건 감독 자질에 문제가 있다는 지적이었다.

실제로 오쿠보 유키 감독은 오타니 쇼헤의 투구 수가 100구가 넘어간 시점에서 투수 교체를 미루면서 대역전극의 단초를 제공했다.

만일 오타니 쇼헤가 8회 말에 또다시 마운드에 오르지 않았다면 경기는 일본의 2 대 1, 한 점 차 신승으로 끝났을 것이라는 게 대다수 언론의 판단이었다.

"남은 경기에서 전승을 거둬 꼭 우승하도록 노력하겠습니다."

오쿠보 유키 감독은 첫 승 이후 기자회견에서 아직 프리미어 12는 아직 끝나지 않았다고 말했다. 비록 전승 우승은 물 건너갔지만, 최선을 다하면 아직 우승할 기회는 남아 있다고 덧붙였다.

일본 전문가들도 오히려 지금의 순위를 유지하는 편이 일본의 결승진출에 도움이 된다고 말했다.

"한국은 현재 A그룹 1위입니다. A그룹 1, 2위가 B그룹 3, 4위와 맞붙는 방식인 만큼 한국을 결승전에서 만나려면 3, 4위로 본선에 진출하는 게 낫습니다."

"만약 한국과 일본이 준결승전에서 만나게 된다면 한국은 한정훈을 8강전이 아니라 준결승전에 내보내려 할 겁니다. 일본 대표팀이 기대만큼의 성적을 보여주지는 못하고 있지만, 준결승보다는 결승전에서 한국을 만나는 게 낫습니다. 만약 결승에 올라 한정훈을 상대로 복수에 성공한다면 그 자체만으로도 의미 있는 결과가 될 겁니다."

"한국은 아직 쿠바와 베네수엘라전이 남아 있습니다. 그리고 쿠바전에는 한정훈이 다시 출전합니다. 객관적인 전력상 쿠바가 강하지만 한정훈이라는 투수를 넘기란 쉽지 않아 보입니다."

아직 잔여 경기가 남아 있지만, 일본 전문가들은 한국이 A그룹 1위로 본선에 오를 가능성이 크다고 여겼다.

쿠바와 베네수엘라 모두 만만찮은 팀들이지만 한정훈이

쿠바전에 등판하는 만큼 최소 4승은 확보했다고 판단한 것이다.

한국이 예상대로 쿠바를 잡고 4승을 거두면 설사 베네수엘라전에 패배하더라도 그룹 1위가 확정된다.

이 경우 쿠바도 최대 4승이 가능하지만, 승자 승 원칙상 한국에게 1위 자리를 내줄 수밖에 없었다.

관건은 쿠바와 베네수엘라 간의 경기였다. 개막전을 치른 탓에 일정이 여유로운 한국과 일본과는 달리 다른 나라들의 일정은 중계 일정에 따라 중구난방으로 편성되어 있었다.

만약 쿠바가 베네수엘라를 잡을 경우 쿠바가 3승으로 한국과 승수가 같아진다.

반대로 베네수엘라가 쿠바를 잡는다면 2승 1패로 조 2위에 오르게 된다. (쿠바 역시 2승 1패이나 승자 승에 밀려 3위)

"쿠바와 베네수엘라의 경기 결과에 따라 일본의 순위도 달라질 겁니다."

"객관적인 전력 면에서는 쿠바가 앞서는 게 사실입니다만, 경기는 해봐야 하겠죠."

판단을 유보하면서도 일본의 야구 전문가들은 내심 쿠바가 이기길 바랐다. 그래야만 일본이 베네수엘라를 밀어내고 3위를 차지할 수 있기 때문이었다.

한국을 준결승전에서 피하려면 3위나 4위를 차지해야 했다. 그리고 A그룹 4위가 B그룹 1위와 맞붙는 만큼 4위보다는 3위를 차지하는 게 8강전을 수월하게 치를 수 있었다.

현재 B그룹 순위표는 혼전 양상이었다. 도미니카 공화국이 3승, 미국과 대만이 2승 1패를 거두며 선두 그룹을 형성하고 있고 푸에르토리코와 캐나다가 1승 2패, 이탈리아가 3패로 뒤를 잇고 있었다.

B그룹 1위는 도미니카 공화국이 사실상 확정한 것이나 다름없었다. 잔여 경기가 이탈리아와 푸에르토리코전이라 승수 쌓기도 수월했다.

문제는 B그룹 2위. 미국과 대만이 각축인 가운데 일본 전문가들은 대진상 대만이 2위를 차지할 가능성이 크다고 봤다.

대만의 전력이 최근 몇 년간 급상승했다지만 아직도 객관적인 전력 면에서 일본의 상대가 되기 어려웠다.

그래서 A그룹 3위를 차지한 뒤 대만을 격파하고 푸에르토리코-베네수엘라의 승자와 준결승전을 치른다는 게 실현 가능한 최선의 시나리오였다.

그리고 그런 일본의 바람은 현실로 이루어졌다.

쿠바 7 – 6 베네수엘라.

쿠바가 요하니스 페데즈의 9회 말 끝내기 홈런에 힘입어 베네수엘라를 제압하고 한국에 이어 A그룹에서 두 번째로 3승을 챙긴 것이다.

쿠바 대표팀 감독은 언론과의 인터뷰를 통해 한정훈이 두렵지 않으며 전승으로 프리미어 12에서 우승하는 게 목표라고 말했다.

지난 2017 WBC 이후 망명 선수에 대한 국가대표 자격을 회복시켜 준 쿠바 대표팀은 이번 프리미어 12 우승이 절실한 상황이었다.

2017 WBC와 2019 프리미어 12, 2021 WBC에서 연거푸 우승에 실패한 터라 더는 물러설 곳이 없었다.

김인선 감독은 경기 전 인터뷰에서 쿠바 대표팀은 우승 전력이라고 치켜세워 주면서도 한정훈이 선발 등판을 하는 경기인 만큼 최선을 다해 승리하겠다는 뜻을 전했다.

쿠바 대표팀 감독과 비교했을 상대적으로 겸손한 발언이었지만 일본 언론을 비롯한 해외 언론들은 김인선 감독의 인터뷰를 자신들의 입맛대로 고쳐 보도했다.

[한정훈 앞세운 김인선 호. 쿠바전 승리 자신!]

[김인선 한국 대표팀 감독. 한정훈이 선발인 이상 이길 수밖에 없다고 밝혀.]

[쿠바 대표팀의 도발에 김인선 한국 대표팀 감독 "선발은 한정훈." 응수.]

이번 대회에서 쿠바 대표팀 타선이 보여준 파괴력은 어마어마했다. 예선 3경기 동안 뽑아낸 점수만 무려 30점이었다. 경기당 평균 10점. 한국과 더불어 최고의 마운드를 구축했다는 일본전이 포함된 결과였다.

그러나 언론 중 누구도 쿠바 대표팀 타자들이 한정훈을 무너뜨릴 거라 생각하진 않았다. 메이저리그 선수들이 상당수 포진되어 있다 하더라도 메이저리그 최고의 투수 반열에 오른 한정훈을 공략하기란 쉽지 않다고 판단했다.

"한정훈은 최고의 투수입니다. 말이 필요 없습니다. 그나마 시즌이 끝났으니 한정훈에게 안타를 뽑아내는 건 가능하겠지만 글쎄요. 솔직히 이길 자신은 없습니다."

양키즈로 이적한 이후 제2의 전성기를 누리고 있는 요하니스 페데즈는 일본 언론과의 인터뷰에서 솔직한 심정을 밝혔다. 요하니스 페데즈 이외에 다른 메이저리그 선수들의 속내도 크게 다르진 않았다.

"한정훈의 공이 얼마나 빠른지 모르죠?"

"이번에는 못 이겨요. 본선에서 또다시 한정훈을 만나지 않기만을 바라고 있습니다."

"2년 연속 메이저리그 최고의 선수로 뽑혔습니다. 더 이상 무슨 말이 필요할까요?"

"한정훈이 빠진 한국은 언제든지 이길 자신이 있습니다. 하지만 한정훈이 버티는 한국은 솔직히 자신 없습니다."

선수들의 인터뷰를 접한 쿠바 대표팀 감독은 선수들을 불러놓고 한바탕 잔소리를 늘어놓았다.

경기는 시작도 하지 않았는데 망명한 메이저리그 선수들이 앞장서서 기운 빠지는 소리를 늘어놓고 있으니 감독으로서 화가 났다.

그러나 그 감정이 충격과 경악을 넘어 절망으로 바뀌기까지는 그리 오랜 시간이 걸리지 않았다.

"스트라이크, 아웃!"

한정훈의 공에 믿었던 테이블 세터는 물론이고 3번 타자 요하니스 페데즈마저 헛스윙 삼진으로 물러나자 한정훈도 별거 아니라고 떠들어 대던 쿠바 대표팀 감독과 코치들은 더 이상 아무런 말도 하지 못했다.

그래도 망명을 앞둔 쿠바 리그 최고의 투수인 빅터 페레즈가 잘 버텨 주면서 경기는 5회까지 0 대 0 균형을 이루었다.

그러나 앞선 일본과의 개막전처럼 경기장의 분위기는 동점이라는 느낌이 전혀 들지 않았다.

"야, 그걸 못 치냐?"

“형이 쳐 봐요. 저 공 되게 까다롭다고요.”

3안타 빈공에 시달리면서도 한국 대표팀 선수들의 표정은 밝았다. 반면 한정훈으로부터 단 1개의 안타밖에 얻어내지 못한 쿠바 대표팀 타자들은 다들 겁에 질려 있었다.

“다들 기운 내라고. 그래도 지금은 칠 만한 거야. 시즌 중에 한정훈은 인간이 아니라고.”

요하니스 페데즈가 애써 농담을 던져 봤지만 소용없었다.

이대로 단일팀을 이뤄 메이저리그에 뛰어들어도 최소 포스트시즌 진출은 가능할 거라 자신해 왔는데 한정훈의 구위에 눌려 꼼짝도 하지 못하고 있으니 어쭙잖은 농담이 통할 리 없었다.

게다가 잘 던지던 빅터 페데즈마저 박병훈에게 투런 홈런을 얻어맞으면서 흔들렸다. 설상가상 바뀐 불펜 투수 호세 멘데스가 연속 4안타를 허용하며 점수는 넉 점 차까지 벌어졌다.

“정훈이를 쉬게 해주자.”

“그래, 이 기회를 놓치지 말자고.”

분위기를 탄 한국 대표팀 타자들은 쿠바 대표팀을 물고 늘어졌다.

그리고 5회에 이어 6회에 다시 빅 이닝을 만들어내며 9 대 0의 스코어를 만들었다.

"정훈아, 이번 이닝까지만 부탁하마."

한정훈은 7회 2, 3, 4번 타자를 전부 삼진으로 돌려세우며 예선전 두 번째 등판을 마쳤다.

이후 두 이닝 동안 쿠바 타자들의 반격이 시작됐지만 9점 차 경기를 뒤집기에는 기회가 턱없이 부족했다.

최종 스코어 11 대 6.

쿠바 대표팀을 꺾으며 한국은 4전 전승으로 당당히 A 그룹 1위를 확정 지었다.

한국에게 일격을 당한 쿠바(3승 1패)는 2위로 내려앉았다.

3위는 멕시코를 대파한 일본(2승 2패)이 차지했다. 네덜란드를 잡은 베네수엘라(2승 2패)는 일본과의 승자 승 원칙에 밀려 4위에 머물렀다.

베네수엘라와의 마지막 경기는 예상보다 싱겁게 끝났다. 양 팀 모두 본선 진출을 확정 지은 상태에서 순위 변동의 가능성은 없었다.

한국은 설사 베네수엘라에 패배하더라도 승자 승에서 쿠바를 앞서 조 1위를 지킬 수 있었다.

베네수엘라 역시 3위인 일본이 약체 이탈리아를 상대하고 있기 때문에 한국을 이겨도 순위가 뒤바뀔 가능성이 작았다.

그래서인지 베네수엘라는 애당초 선발 예정이었던 마렌 산체스를 대신해 호세 멕기스를 마운드에 올렸다.

이에 맞서 한국은 예정대로 좌완 성진우를 선발 등판시켰다.

성진우는 베네수엘라 강타선을 맞아 무려 8개의 안타를 허용하며 4실점 했다. 4회를 마쳤을 때 102구를 던졌을 만큼 투구 수 관리가 전혀 되지 않았다.

하지만 김인선 감독은 성진우를 5회에도 마운드에 올렸다. 팀 타선이 일찌감치 폭발하면서 9 대 4로 앞서가는 만큼 성진우의 승리를 지켜주고 싶었던 것이다.

성진우는 5회를 무실점으로 틀어막고 프리미어 12 두 번째 승리를 챙겼다.

이후 불펜진을 총동원한 한국 대표팀은 만만찮은 상대 베네수엘라를 13 대 5로 잡아내고 5전 전승으로 1위 자리를 지켰다.

“한정훈 선수를 비롯해 대표팀 선수들이 똘똘 뭉쳐 준 덕분에 1위를 할 수 있었습니다. 본선에서도 더욱 합심해 국민의 기대에 부응하도록 최선을 다하겠습니다.”

김인선 감독은 인터뷰에서 한정훈을 가장 먼저 언급하며 고마움을 전했다.

대표팀 선수들도 한정훈의 합류 덕분에 예선 전승을 거둘

수 있었다며 한목소리로 칭찬했다.

예선전 일정을 끝마친 한국 대표팀은 이틀간 꿀맛 같은 휴식을 즐겼다.

한정훈도 정아와 함께 훈련장에 찾아온 모모코와 오랜만에 오붓한 시간을 보냈다.

"칫, 오빠는 나보다 모모코가 더 반갑지?"

"당연하지."

"와, 치사하다 치사해. 두고 봐. 내가 오빠보다 더 멋진 남자 데려올 테니까."

"네, 네. 망상은 자유니까요."

뒷전으로 밀려난 정아가 내내 심통을 부렸지만, 한정훈은 모모코를 옆에서 떼어놓으려 하지 않았다.

덕분에 한국 대표팀 선수들은 물론이고 일본 기자들까지 모모코의 정체를 알게 됐다.

"뭐야? 한정훈의 여자 친구가 하리모토 쇼타의 여동생이었어?"

"이거 특종인데? 지금 당장 터뜨려야 하는 거 아냐?"

"아니지. 아니야. 이런 건 나중을 대비해 아껴놓아야 해."

"나중?"

"만에 하나라도 일본이 우승하지 못할 경우를 대비해야지."

"그래, 괜히 이 시점에 터뜨려 봐야 좋은 소리 듣지 못할 테니까. 그게 좋겠어."

일본 기자들은 한정훈과 모모코의 관계를 철저하게 감췄다. 둘의 관계를 의심하는 다른 외국 기자들에게도 한정훈과 하리모토 쇼타 남매가 친구처럼 어울리는 것뿐이라고 잘라 말했다.

덕분에 한정훈은 별다른 소란 없이 8강전을 준비할 수 있었다.

A그룹과 B그룹, 상위 4개국이 맞붙는 8강전은 두 개의 야구장으로 나누어 치러졌다.

한국은 도쿄 돔에서 푸에르토리코와 맞붙었다. 객관적인 전력상 한국의 우위가 점쳐진 가운데 선발로 나선 한정훈은 7이닝까지 2피안타 무실점 피칭으로 한국 대표팀의 4강을 견인했다.

이틀간의 휴식을 통해 컨디션을 끌어 올린 한국 대표팀 타자들도 푸에르토리코 투수들을 끈질기게 물고 늘어지며 루상의 주자들을 홈으로 불러들였다. 덕분에 한정훈이 피칭을 마쳤을 때, 6 대 0이라는 넉넉한 점수 차이가 만들어졌다.

한정훈 이후 마운드를 물려받은 불펜진들도 바짝 약이 오른 푸에르토리코 타자들을 무실점으로 틀어막고 경기를 마무리 지었다.

최종 스코어 7 대 0.

같은 날 치러진 8강전 4경기 중 가장 깔끔한 스코어였다.

A그룹 2위 쿠바와 B그룹 3위 미국의 경기는 승부치기 끝에 쿠바의 5 대 3, 두 점 차 승리로 끝이 났다. 10회 초 경기에서 바뀐 투수를 공략해 대거 4점을 뽑아낸 게 결정적으로 작용했다.

목표였던 우승에 실패했지만, 미국 대표팀은 크게 실망하지 않았다. 일본에서 주도하는 국제 대회다 보니 베스트 전력을 꾸리지 않은 상태였다. 가용 가능한 모든 선수를 전부 긁어모은 다른 나라들에 비해 전력상 열세일 수밖에 없었다.

미국 대표팀 감독도 인터뷰를 통해 프리미어 12의 경험을 바탕으로 다가올 WBC 때 2연패에 도전하겠다는 뜻을 분명히 했다.

한편 오사카 돔에서 열린 경기에서는 일본과 도미니카 공화국이 승리를 거두며 4강에 진출했다.

A그룹 3위였던 일본은 최적의 상대인 대만(B그룹 2위)을 맞아 시종일관 여유로운 경기 운영을 펼치며 4 대 1, 석 점 차 승리를 거뒀다.

선발로 나온 하리모토 쇼타가 7이닝 1실점으로 승리 투수가 됐다. 대만 대표팀이 타선 강화를 위해 메이저리그와 마이너리그 선수들을 대거 불러들였지만 올 시즌 양키즈의 2선발 자리를 굳건히 한 하리모토 쇼타의 공을 당해내지 못했다.

B그룹 1위 도미니카 공화국과 A 그룹 4위 베네수엘라의 경기는 치열한 난타전으로 진행됐다. 양 팀 모두 에이스 투수를 앞세웠음에도 불구하고 타자들의 방망이는 불을 뿜어댔다.

11 대 8.

무려 28개의 안타를 주고받은 끝에 도미니카 공화국이 혈전의 승자가 됐다.

132장
프리미어 12(3)

프리미어 12 준결승전(11월 23일)

제1경기 한국 vs 쿠바 / 도쿄 돔
제2경기 일본 vs 도미니카 공화국 / 오사카 돔

6전 전승으로 4강까지 올랐지만, 한국 대표팀은 걱정이 앞섰다. 이번 대회 최고의 공격력을 자랑하는 쿠바 대표팀을 상대로 내세울 만한 투수가 마땅치 않았기 때문이다.

이번 프리미어 12에 합류한 선발투수는 한정훈과 이승민, 그리고 성진우였다. 여기에 롱 릴리프로 합류한 강현승까지 속칭 한정훈 세대의 투수들이 대표팀의 중심에 서 있었다.

하지만 같은 대표팀 선발투수라고 해서 한정훈과 나머지 세 명이 같을 순 없었다.

한정훈이야 어느 팀과 맞붙여도 이길 수 있다는 확신을 주는 카드였다. 설사 한정훈이 패배한다면 이건 한정훈의 문제가 아니라 대표팀의 문제라고 해석해야 할 정도였다.

그에 비해 나머지 세 명은 아직 경험과 신뢰를 쌓아가야 하는 상황이었다.

일찌감치 대표팀의 주축 선수로 활약한 한정훈과 달리 이승민과 성진우는 지난 WBC와 아시안 게임을 통해 눈도장을 받고 이 자리에 왔다.

강현승도 마찬가지였다. 지난 아시안 게임 때 막차를 타고 병역 혜택을 누리면서 이번 대회에 합류하긴 했지만 아직 100% 믿음을 주지 못하고 있었다.

"순서대로라면 진우를 내보내야 합니다."

"제 생각도 같습니다. 쿠바 타자들이 좌완에 약한 모습을 보이는 만큼 아무래도 진우를 내보내는 게 나을 것 같습니다.

몇몇 코치는 성진우를 선발로 내세워야 한다고 말했다. 예선전의 선발 순서는 한정훈-성진우-이승민이었다. 한정훈이 엔트리에 포함되면서 이승민의 순서를 뒤로 미루고 좌완 성진우를 중간에 포진시킨 것이다.

결과적으로 성진우는 기대에 어느 정도 부응하는 모습을 보여주었다. 두 경기에 나와 2승을 챙겼다. 경기 결과는 썩 좋지 않았지만, 선발투수로서 최소한의 이닝 소화 능력을 보여주었다.

그러나 이선철 수석 코치를 비롯한 대부분은 성진우의 구위로 쿠바 대표팀을 막기란 불가능하다고 입을 모았다.

"진우는 컨디션이 바닥입니다. 이대로 내보냈다간 5회를 버티지도 못할 겁니다."

"승민이는 예선전에서 한 경기밖에 나가지 않았습니다. 게다가 스스로도 준결승전을 목표로 컨디션을 맞춰왔습니다."

좌완이라는 이점을 배제하고 구위만 놓고 봤을 때 이승민이 성진우보다는 컨디션이 좋은 상태였다. 게다가 시즌 성적도 성진우보다 이승민이 나았다.

"일단 승민이로 밀어붙이고 진우와 현승이까지 전부 대기시키는 게 나을 것 같습니다."

이선철 수석 코치가 코치들의 의견을 조합했다. 한정훈의 출전이 불투명한 상황에서 이승민을 선발로 내보내는 게 최선이라고 판단했다.

그러나 김인선 감독은 불안함을 감추지 못했다.

"이 코치."

"네, 감독님."

"우리가 만약 쿠바전에서 패배한다면…… 정훈이를 아낄 의미가 없지 않을까?"

"하지만……."

"이 코치, 이번 대회가 내 마지막 대회야. 내 욕심같이 들릴 수도 있겠지만 난…… 이번 대회에서 꼭 우승하고 싶어."

김인선 감독이 솔직하게 말했다. 47년생. 만으로 76세가 된 노령의 감독에게 더 이상의 국가대표 감독직은 버겁기만 했다.

협회에서는 2025년 WBC까지 김인선 감독이 맡아주길 바라고 있었다. 하지만 김인선 감독은 이번 프리미어 12까지 맡겠다고 입장을 정리한 상태였다.

국가대표 감독직을 역임하며 국민 감독이라 불리는 그에게 있어 WBC는 씁쓸한 추억이었다.

1회 대회에 4강, 2회 대회에는 준우승할 때까지만 해도 우승이 코앞에 있었다. 하지만 유중인 감독이 이끈 3회 대회 때 예선 탈락을 하더니 다시 김인선 감독이 지휘봉을 잡은 4회 대회 때도 4강을 넘어서지 못하고 말았다.

반면 프리미어 12는 달랐다. 1회 대회는 물론 지난 2회 대회 때도 우승을 차지하며 김인선 감독을 진정한 의미의 국민 감독으로 만들어주었다.

그래서 김인선 감독은 자신의 인생의 마지막 경기로 이번 프리미어 12를 꼽았다. 그리고 프리미어 12, 3연패의 금자탑을 쌓은 뒤 영예롭게 은퇴할 생각이었다.

그러기 위해서는 일단 이번 쿠바전을 넘어야 했다. 결승전도 중요했지만, 쿠바를 넘지 못한다면 결승전에 진출할 방법이 없었다.

"후우……."

이선철 감독이 무겁게 한숨을 내쉬었다. 김인선 감독의 심정을 모르는 바는 아니지만 그렇다고 한정훈을 이틀 만에 다시 마운드에 세우기란 어려워 보였다.

그렇다고 무작정 김인선 감독이 노욕을 부린다며 몰아세울 수도 없었다. 김인선 감독은 고령에 병마와 싸워가면서도 국가대표 감독직을 마다하지 않았다. 게다가 누구라도 이 상황에 처한다면 한정훈에 대한 미련을 가질 수밖에 없었다.

"일단 가능한지 한번 알아보겠습니다."

이선철 코치는 김인선 감독을 대신해 한정훈의 에이전시와 접촉했다. 한정훈에게 직접 물어보는 건 의미가 없었다. 태극마크를 단 한정훈이 얼마나 헌신적인지 모르는 이들은 아무도 없었다.

-그러니까 지금 저더러 한정훈 선수를 설득해 달라고 말씀하시는 겁니까?

이야기를 전해 들은 박찬영 대표는 불쾌함을 감추지 못했다. 한정훈을 절대 혹사시키지 않겠다고 조일승 총재에게 확답을 받았는데 설마하니 현장에서 이런 요구가 들어올 줄은 예상하지 못한 것이다.

그러나 이선철 코치는 한정훈을 준결승전에 내보내기 위해 협조를 구하려던 게 아니었다.

"아닙니다. 오해하지 마세요. 제가 부탁하고 싶은 건 그 반대입니다."

–반대요?

"정훈이를 내보내지 못할 확실한 뭔가를 좀 만들어주세요. 최대한 빨리요."

–……그러니까 코치님은 한정훈 선수의 준결승전 등판을 말리실 생각이란 말씀이십니까?

"당연하죠, 국제 경기가 어디 이번 한 번뿐입니까? 2년 뒤 WBC도 있고 논의 중이긴 하지만 내년에 올림픽도 있습니다. 대한민국 최고의 투수를 이런 식으로 혹사시키는 거, 저는 반대입니다."

–결국, 코치님도 한정훈 선수를 보호하려고 준결승전에 반대하시는 건 아니란 말씀이로군요.

"부정하지 않겠습니다, 하지만 어쨌든 이번 준결승전 출전은 막아야 한다는 게 제 생각입니다."

이선철 코치가 단호한 목소리로 말했다. 김인선 감독에 이어 국가대표 전임 감독 후보로 거론되고 있는 이상 한정훈과의 관계를 껄끄럽게 만들고 싶지 않았다.

-일단 알겠습니다, 어떻게든 방법을 만들어 보겠습니다.

박찬영 대표는 곧바로 양키즈 구단에게 전화를 넣었다. 그리고 브라이언 캐시 단장에게 한국 대표팀의 상황을 전했다.

"노! 노! 말도 안 됩니다! 한정훈을 준결승전에 올린다니요! 불펜으로도 불가합니다! 절대 안 돼요! 있을 수 없는 일입니다!"

소식을 전해 들은 브라이언 캐시 단장은 펄쩍 뛰었다. 당장 비행기를 타고 도쿄로 날아간다는 걸 비서진이 겨우겨우 뜯어말릴 정도였다.

"침착하십시오. 박찬영 대표가 직접 연락을 해올 정도라면 감정적으로 해결할 문제가 아닌 것 같습니다. 그보다는 적당히 여론을 움직여 한정훈 선수를 보호하는 게 낫습니다."

양키즈 구단은 SNS를 통해 이번 준결승전에서는 한정훈을 보지 못할 거라고 아쉬워했다. 그러면서 한국이 결승전에 진출하면 그때는 한정훈과 하리모토 쇼타라는 양키즈 최고 투수들의 맞대결을 볼 수 있을 것이라고 전했다.

자연스럽게 뉴욕 언론사들은 양키즈 구단의 SNS를 인용해 기사들을 쏟아냈다.

[양키즈, 한정훈 vs 하리모토 쇼타 맞대결 기대!]

[양키즈 한국과 쿠바의 프리미어 12, 4강전에 한정훈은 등판하지 않을 예정!]

뉴욕 언론사들이 쏟아낸 기사들은 다시 미국 전역으로 확산됐다. 그리고 그 소스가 바다를 건너 한국을 지나 일본에까지 전해졌다.

얼마 지나지 않아 한국 대표팀도 양키즈발 소식을 전해 들을 수 있었다.

"분위기가 심상치 않습니다. 우리가 선발투수를 발표하지 못하고 있으니 양키즈 쪽에서 선수를 치는 느낌입니다."

"한국의 여론도 좋지 않습니다. 이번 경기에서 패배하더라도 한정훈을 혹사시켜서는 안 된다는 의견이 전체 의견의 85%나 됩니다."

김인선 감독이 제안한 한정훈 선발 카드에 잠시 동요했던 코치들이 순식간에 부정적으로 돌아섰다.

모든 책임을 김인선 감독이 진다고 하더라도 이런 분위기에서 한정훈을 억지로 준결승전에 등판시키는 건 위험 부담이 너무 컸다.

"후우……."

김인선 감독도 어쩔 수 없다는 표정을 지었다. 프리미어

12의 우승을 위해 욕을 먹을 각오까지 하며 한정훈 카드를 만지작거렸지만, 국민 여론이 그렇다면 따르는 수밖에 없었다.

“선수들을 불러 모읍시다. 이렇게 된 이상 정신 무장이라도 해야 할 테니까.”

김인선 감독은 한정훈을 포함한 선수들과 2시간여 동안 특별 미팅을 가졌다. 그리고 어떻게든 쿠바를 꺾고 결승전에 올라 국민의 성원에 보답하자며 선수들을 독려했다.

그러나 대회 우승 후보라던 일본마저 격파한 쿠바는 고작 마음가짐만으로 넘어설 수 있는 산이 아니었다.

“정훈아, 나 진짜 떨린다.”

선발로 낙점된 이승민이 어쩔 줄을 몰라 했다. 준결승전에 컨디션을 맞춰온 건 사실이지만 가능하면 쿠바가 아니길 바랐다. 무지막지한 공격력으로 무장한 쿠바보다는 2군 느낌이 강한 미국이 4강전 상대가 되길 기대했다.

한편으로는 미국을 상대로 좋은 모습을 보여준다면 메이저리그 관계자들의 눈도장을 받을 수도 있다고 여겼다. 그러나 미국이 연장 10회 초 갑자기 무너지면서 이승민의 바람은 수포가 되고 말았다.

“평소처럼만 해.”

“그게 말처럼 쉽냐?”

"형, 그런 배짱으로는 메이저리그 못 와."

한정훈은 뻔한 격려 대신 따끔한 충고를 건넸다. 쿠바의 선발 타순 중 여섯 명이 메이저리그에서 활약하고 있었다. 그들을 넘지 못한다면 올해를 끝으로 해외 진출 자격을 얻더라도 메이저리그 관계자들의 관심을 받기 어려웠다.

"냉정한 놈."

이승민이 서운하다는 표정을 지었다. 하지만 그것도 잠시.

"자."

"뭐야, 이건?"

"내가 예선전에 봤던 쿠바 공략집."

"이걸 왜 이제야 주는 거야! 크윽! 정훈아! 싸랑한다!"

한정훈이 족보(?)를 건네주자 이승민이 언제 그랬냐는 듯 한정훈을 꼭 끌어안았다.

"그런데, 정훈아. 이거 베이스 볼 61에서 준 자료는 아니지?"

"형도 같은 에이전시인데 그걸 왜 줘?"

"그렇지? 그런데 이거 어디 거냐? 우아! 이 타자 자료도 있어?"

"그거 구단에서 준 거야. 유출하면 안 돼."

"당연하지!"

양키즈 구단의 정보력은 어마어마했다. 협회는 물론이고

국내 최고의 에이전시로 발돋움한 베이스 볼 61에서도 구하지 못한 선수들의 상세 자료들까지 자세하게 첨부되어 있었다.

“근데 이거 거의 새거다? 너 설마 대충 보고 만 거야?”

“한번 훑어보면 됐지, 뭘.”

“짜식, 좋겠다. 공 잘 던져서. 하기야 넌 입장이 다르겠구나.”

“다르다니? 뭐가?”

“네가 메이저리그 최고 투수니까 쿠바 타자들이 죽기 살기로 널 분석했겠지. 안 그래?”

이승민의 부러움을 한정훈은 굳이 부정하지 않았다. 잘난 척하고 싶은 마음보다 그 부러움이 이승민에게 새로운 동기 부여가 되길 바랐다.

다행히도 한정훈의 배려 아닌 배려는 먹혀들었다.

“스트라이크, 아웃!”

이승민이 경기 초반부터 152㎞/h의 포심 패스트볼을 내던지며 쿠바 타자들을 압도하기 시작한 것이다.

—이승민 선수, 까다로운 타자 요르비스 산체스를 삼진으로 잡아냅니다.

—지난 경기보다 공이 확실히 좋아진 느낌입니다.

—시즌 중에 포심 패스트볼 최고 구속은 156km/h까지 나왔습니다만, 지난 예선전 때는 151km/h가 최고였었는데요.

—네, 아무래도 시즌이 끝나다 보니 구속이나 구위가 떨어질 수밖에 없는 상황이었죠.

—한정훈 선수조차 구속이 줄어들었으니까요.

—하하, 그렇죠. 하지만 한정훈 선수야 워낙 말도 안 되는 레벨에서 놀던 선수 아닙니까? 구속이 줄어들어도 한정훈은 한정훈이죠.

—반면 이번 대회에 참가한 다른 투수는 대부분 구위 저하로 곤욕스러워했었는데요.

—그 때문에 오타니 쇼헤 선수도 쿠바전 예선 때 고생을 했죠.

—만약 그 경기를 잡아냈다면 지금 4강전의 상대는 쿠바가 아니라 일본이 되어 있었을지도 모르겠네요.

—네, 충분히 가능한 시나리오입니다.

—그렇다면 오늘 경기, 서재훈 의원은 어떻게 전망하십니까?

—솔직히 쿠바 대표팀의 강타선을 어떻게 막아내느냐가 관건이었는데요. 이승민 선수 공을 보니 오늘 크게 걱정하지 않아도 될 것 같습니다.

서재훈은 이승민이 기대 이상의 호투를 해줄 것이라 예상했다.

이승민이 3번 타자 요하니스 페데즈에게 좌중간 2루타를 허용할 때는 아차 싶었지만 4번 타자 요르비스 보토를 삼진으로 잡아내자 그럴 줄 알았다며 목소리를 높였다.

이후에도 이승민은 기대 이상의 피칭을 이어갔다. 3회에 요하니스 페데즈에게 솔로 홈런을 허용하긴 했지만 6회까지 5피안타 1실점으로 경기장을 찾아온 메이저리그 스카우터들에게 깊은 인상을 남겼다.

"저 선수, 올해 말이면 해외 진출이 가능하지?"

"그래, 저 선수가 올 시즌 서부 리그 넘버원 투수야."

"서부 리그면 한정훈이 있던 리그지?"

"한정훈은 4년 내내 리그 통합 MVP였지. 투수 4관왕이었고."

"그럼 저 선수도 한정훈만큼 성장할 수 있으려나?"

"하하, 농담이지? 한국에 한정훈 같은 선수들이 넘쳐 난다면 메이저리그 선수들이 한국 리그에서 뛰어야 할 거라고."

이승민이 마운드에서 내려갈 때까지 메이저리그 스카우터들은 이승민에게서 눈을 떼지 못했다.

그러다 6회 말, 황철민이 투런포를 때려내자 언제 그랬냐는 것처럼 황철민에게 눈을 돌렸다.

"역시 대단하군, 대단해. 박병훈도 그렇지만 한국 타자들, 파워가 장난 아니야."

"황은 올해도 48개의 홈런을 때려냈으니까. 메이저리그에 간다면 20개까진 가능하겠지."

"무슨 소리야. 황은 강준호와 박병훈이 인정한 차세대 4번 타자라고."

"나도 그 이야기 들었어. 대표팀 연습 때 홈런 내기를 하면 황이 매번 1등이라며?"

"그래 봐야 동양인 선수잖아. 체격은 좋다지만 성공하는 게 쉽겠어?"

"박병훈도 40개가 넘는 홈런을 때려냈잖아. 강준호도 두 시즌이나 30개를 넘겼고."

"맞아. 게다가 이번 대회에서만 홈런 5개째라고. 이대로 한국이 결승전에 가면 황이 홈런왕이 될 거야."

황철민의 홈런으로 3대 1로 앞서가자 김인선 감독은 좌완 성진우를 투입했다. 구위는 좋지 않지만, 동갑내기 이승민이 활약하는 모습에 자극을 받았을 테니 최선을 다해줄 것이라 기대했다.

하지만 성진우는 마운드에 오르기가 무섭게 4연속 안타를 허용했다. 다행히 중계 플레이로 주자를 홈에서 잡아내면서 1실점으로 막았지만, 경기 분위기는 완전히 쿠바 대표팀 쪽으로 기울어져 버렸다.

1사 주자 1, 3루.

타석에 3번 타자 요하니스 페데즈가 들어섰다.

"타임!"

김인선 감독은 곧장 성진우를 내리고 강현승을 투입했다. 국제 대회 경험이 적은 강현승에게는 버거운 상황이었지만 지금으로서는 다른 방법이 없었다.

"현승아, 부담 갖지 말고 던져. 한 점 정도는 내줘도 괜찮아. 하지만 1루 주자는 막자. 응?"

"아, 알겠습니다."

다급히 호출을 받고 마운드에 올라온 강현승은 반쯤 넋이 나간 얼굴이었다.

아직 몸도 덜 풀었는데 1사 주자 1, 3루에 3번 타자였다. 여기서 안타라도 얻어맞는다면 두고두고 역적으로 몰릴 게 뻔했다.

그렇다고 명색이 국가대표가 못 던지겠다고 할 수도 없는 노릇이었다.

'침착하자, 침착해.'

강현승은 마음을 다잡고 연습 투구에 들어갔다. 그런데 공이 하나같이 높았다. 박기완이 낮게 던지라고 사인을 보냈지만, 강현승의 손가락을 빠져 나간 공은 거의 포수 마스크 위

쪽으로 날아들었다.

'겁을 먹은 모양이군.'

대기 타석에 서 있던 요하니스 페데즈가 씩 웃었다. 하필 자신의 앞에서 성진우가 내려가서 아쉬웠는데 강현승의 연습 투구를 보고 있자니 걱정할 필요 없을 것 같았다.

그때였다.

턱. 턱.

누군가가 더그아웃에서 일어나 불펜 쪽으로 걸어 나갔다.

순간 도쿄 돔이 술렁거렸다.

등번호 10번.

야구장에 모인 이들 중 그 번호의 의미를 모르는 사람은 아무도 없었다.

"뭐, 뭐야?"

쿠바 대표팀 감독도 눈을 부릅떴다. 하필이면 이 상황에서 한정훈이 불펜으로 걸어갈 것이라고는 생각지도 못했다.

"한정훈이 몸을 풀려면 얼마나 걸리겠어?"

"그야 정확하게 알 수는 없습니다만 오래 걸리진 않을 겁니다. 바뀐 투수가 최대한 시간을 끌 수도 있고요."

"젠장, 그럼 이번 타석 때 뒤집어야 한다는 소리잖아!"

천천히 한국 대표팀의 숨통을 조여 가려던 쿠바 대표팀 더그아웃이 분주해졌다.

한정훈이 나오기 전에 경기를 뒤집지 못하면 오늘 경기는 승산이 없었다. 동점도 무의미했다. 승부치기에 접어든다고 해서 한정훈을 무너뜨릴 수 있을 거란 희망은 어디에도 없었다.

"크윽!"

요하니스 페데즈도 질근 입술을 깨물었다. 이렇게 된 이상 어떻게든 2루타 이상의 장타를 때려내 1루 주자를 홈으로 불러들이는 수밖에 없었다.

반면 강현승은 마음이 가벼워졌다. 오늘 경기에 한정훈이 등판한다는 이야기는 듣지 못했지만 정말로 한정훈이 나와준다면, 굳이 승부할 필요 없이 그때까지만 시간을 벌어도 될 것 같았다.

'마음 편하게 던져.'

포수 박기완도 까다롭게 사인을 내지 않았다. 요하니스 페데즈를 걸러도 상관없다는 생각으로 확실한 공을 주문했다.

그렇게 한정훈의 불펜행으로부터 시작된 변화가 순식간에 경기 분위기를 바꿔놓았다.

따악!

투 스트라이크 투 볼 상황에서 요하니스 페데즈가 힘껏 때린 공이 내야에 높이 솟구쳤다.

타격 소리만 들어서는 담장까지 뻗어나가도 이상할 게 없었지만, 강현승이 이를 악물고 던진 포심 패스트볼이 방망이를 이겨내면서 타구는 내야를 벗어나지 못했다.

"빌어먹을!"

타구를 확인한 요하니스 페데즈가 1루를 향해 뛰었다.

1사 1, 3루는 고의낙구가 가능했다. 영리한 한국 대표팀의 내야수들이 더블 플레이를 노리지 않도록 최대한 빨리 1루를 밟아야 했다.

요하니스 페데즈의 움직임을 확인한 유격수 강준호는 무리하지 않고 타구를 잡아냈다.

투 아웃.

여차하면 홈 승부를 걸기 위해 전진 수비를 했던 내야수들이 제자리로 돌아갔다. 외야수들도 마찬가지. 4번 타자 요르비스 보토의 장타력을 의식해 평소보다 조금 뒤쪽으로 수비 위치를 조정했다.

그런 한국 대표팀의 움직임이 요르비스 보토의 숨통을 더욱 단단히 움켜쥐었다.

메이저리그에서도 압박에 약하다는 평가를 받는 요르비스 보토는 이 분위기를 이겨내지 못했다.

따악!

요르비스 보토가 초구에 들어온 바깥쪽 하이 패스트볼을 힘껏 잡아당겼다. 평소 같았으면 골라냈을 공이었지만 다급한 마음에 완전히 빠져 나가는 볼을 건드려 버렸다.

그리고 방망이 끝에 걸린 타구는 힘없이 좌익수의 글러브 속으로 빨려 들어갔다.

쓰리 아웃.

"크아아!"

강현승이 마운드 위에서 두 팔을 들어 올리며 포효했다.

133장
어차피 주인공은 한정훈(1)

최종 스코어 3 대 2.

한국은 쿠바 대표팀의 거센 추격을 따돌리고 한 점 차 승리를 지켜냈다.

경기 MVP는 결승 홈런을 때린 황철민이 차지했다. 이승민도 호투했지만 아무래도 경기의 흐름을 가져온 홈런의 임팩트가 더 크게 느껴진 것이다.

하지만 정작 전문가들은 이번 경기의 숨은 MVP로 한정훈을 꼽았다.

"바로 여기가 승부처였습니다. 여기서 안타 하나만 허용하면 바로 경기가 뒤집히는 상황이었죠."

“그때 여기, 잘 보시면 아시겠지만 한 선수가 더그아웃 쪽으로 움직입니다.”

“보통 불펜 투수들은 불펜에서 대기하게 마련이라 누군가 싶었는데 등번호를 보고 깜짝 놀랐죠.”

“등번호 10번입니다. 잘 보라고 아주 느릿하게 걸어가죠.”

“그리고 이때부터 분위기가 달라집니다.”

“강현승 선수와 따로 전화 통화를 했는데 불펜으로 향하는 한정훈 선수를 보고 그런 생각이 들었답니다.”

“살았다?”

“하하, 그렇습니다. 한정훈 선수가 뒤를 막아줄 테니 한 타자만 상대하면 될 거라고 생각한 거죠.”

“반면 쿠바 타자들은 갑자기 바빠졌는데요.”

“한정훈 선수가 마운드에 오르면 경기를 뒤집을 가능성이 떨어지니까요. 동점이 아니라 역전을 위해서 공격적으로 나설 수밖에 없었을 것 같습니다.”

“덕분에 강현승 선수도 위기를 넘기고 한국도 승리를 차지했는데요. 재미있는 건 한정훈 선수의 불펜행이 벤치의 지시가 아니었다죠?”

“이미 김인선 감독을 비롯한 코칭스태프는 준결승전에서 한정훈 선수를 제외시켜 놓고 경기에 임하겠다고 발표했으니까요.”

“그렇다면 한정훈 선수는 왜 이때 불펜으로 갔을까요? 국내 야구 팬들 사이에서는 선동연 감독 현역 시절 때처럼 상대 팀에게 위압감을 주기 위해서라는 의견이 지배적인데요.”

“아마 야구 팬 여러분이 생각하시는 그런 의도가 맞을 겁니다. 실제 요하니스 페데즈 선수도 경기 후 인터뷰에서 한정훈 선수가 곧 등판할지도 모른다는 부담감 때문에 서두르게 됐다고 밝혔으니까요.”

국내 주요 포털 사이트의 설문 조사에서도 한정훈은 70%가 넘는 지지로 MVP에 꼽혔다. 실제로 마운드에 올라 공을 던진 건 아니지만 중요한 순간 자신의 존재감을 이용해 쿠바 대표팀의 공격 흐름을 끊어놓는 장면에서 대부분의 야구 팬이 전율을 느꼈던 것이다.

“전 한 게 아무것도 없습니다. 오히려 마지막까지 최선을 다해준 선수들에게 고맙기만 합니다.”

한정훈은 언제나처럼 모든 공을 동료 선수들에게 돌렸다. 하지만 그럴수록 언론의 관심은 한정훈에게만 몰려들었다.

“여기도 한정훈, 저기도 한정훈, 정훈이 혼자 야구 하는구나.”

“그러게나 말이다. 이러다 메이저리그 가서도 저 녀석하고 비교당하는 거 아닌가 모르겠어.”

쿠바전 승리의 주역인 이승민과 황철민이 무겁게 한숨을

내쉬었다. 이번 프리미어 12를 통해 한국에 야구 선수는 한정훈만 있는 게 아니라는 걸 보여주자고 다짐했는데…… 이번에도 모든 스포트라이트는 한정훈이 전부 독식하고 있었다.

"포기해. 나처럼 포기하면 맘이 편하다니까."

강현승이 자신을 칭찬하는 기사들을 살피며 실실 웃어댔다. 한정훈과 엮여서인지 몰라도 이승민, 황철민에 대한 기사보다 자신에 대한 기사가 더 자주 눈에 들어오는 것 같았다.

"그래도 이제 마음은 좀 편해졌다."

이승민이 침대에 드러누우며 말했다. 준결승전에서 선발 등판했기 때문에 이승민은 결승전 등판 예정이 없었다. 경우에 따라서는 호출을 받을 수도 있겠지만 그럴 가능성은 작았다. 결승전 선발이 다름 아닌 한정훈이기 때문이었다.

"나도. 솔직히 쿠바전 지면 어떻게 하나 엄청 걱정했거든."

황철민도 피식 웃었다. 지금 이렇게 한정훈을 부러워할 수 있는 것도 쿠바전에서 승리를 거두었기 때문에 가능한 일이었다. 생각하기도 싫지만, 쿠바전에서 패배했다면…… 아마 다들 말조차 제대로 꺼내지 못했을 것이다.

"야, 그 상황에서 마운드에 오른 내 심정은 어땠겠냐. 진짜 불펜에서 마운드까지 걸어 올라가는데 아무 생각도 안 나더라.”

강현승이 너스레를 떨었다. 여차하면 경기가 뒤집힐지도 모르는 상황에서 등판을 지시받았을 때의 심정은 말로 설명할 수조차 없었다. 걸음을 옮기면서도 이대로 배가 아프다고 꾀병을 부려야 하나 싶을 정도였다.

하지만 이들이 느낀 소회는 대역 죄인이 될 뻔한 성진우에 비하면 아무것도 아니었다.

“승민아, 너 진짜 메이저 갈 거냐?”

구석에 앉아 있던 성진우가 이승민을 바라봤다.

“갈 수 있으면 가야지. 너도 갈 거잖아?”

이승민이 성진우에게 되물었다. 한정훈보다 한 살씩 많긴 했지만, 이승민과 성진우, 황철민, 박기완, 강현승은 2018년 프로 입단 동기였다. 그리고 한정훈에 이어 해외 진출을 바라보는 입장이었다.

이들 다섯 명 중 해외 진출 가능성이 가장 낮은 건 황철민이었다. 포스트 이승혁이라 불리던 잠재력을 완전히 폭발시킨 황철민의 상승세는 무서울 정도였다. 국내 리그 국제 대회 가리지 않고 장타력을 뽐내면서 작년부터 메이저리그는 물론 일본 프로 야구 스카우터들의 주목을 받고 있었다.

그다음으로 주목을 받았던 게 바로 성진우였다. 좌완이라는 이점과 최고 구속 154㎞/h의 빠른 볼은 제2의 류현신을 찾던 메이저리그 관계자들의 구미를 당겼다.

반면 강현승과 이승민은 작년까지만 해도 이렇다 할 입질이 없던 상태였다. 일본 리그에서 몇 차례 언급되긴 했어도 메이저리그 쪽은 감감무소식이었다.

박기완이 포수라는 포지션 때문에 해외 이적이 쉽지 않다는 점을 감안하면 이 5인방 중 이승민과 강현승이 가장 뒤처졌던 게 사실이었다.

그런데 올 시즌이 끝나면서 그 위상에 변화가 생겼다. 이승민과 강현승이 스톰즈의 원투펀치로 활약하면서 새로운 블루칩으로 떠오른 것이다.

반면 올 시즌 종료 이후 메이저리그행이 유력했던 성진우는 주춤했다. 스타즈의 에이스로서 너무 많은 이닝을 책임졌던 게 과부하가 걸려 버린 것이다.

스타즈가 창단 후 처음으로 탈꼴찌에 성공했지만, 성진우는 최악의 시즌을 보냈다. 성진우의 객관적인 성적보다 에이스로서의 역할을 높이 평가했던 메이저리그 스카우터들의 생각이 달라질 수밖에 없었다.

그래서 성진우는 이번 프리미어 12를 기회로 삼았다. 프리미어 12를 통해 자신이 죽지 않았다는 걸 모두에게 보여주고 싶었다.

그러나 경기는 뜻대로 풀리지 않았다. 예선 두 경기에서 승리 투수가 되긴 했지만 시원시원한 모습을 보여주지 못했다.

반면 라이벌인 이승민은 예선과 준결승에서 수준급 피칭을 선보였다. 인정하고 싶지 않지만 이미 이승민에게는 추월을 당한 것 같았다. 게다가 분위기상 강승현에게도 곧 추월당할 것 같았다.

"난…… 솔직히 모르겠다."

성진우가 나직이 중얼거렸다. 어려서부터 메이저리그 진출을 꿈꿔오긴 했지만, 준비가 되지 않은 상태에서 무작정 도전할 만큼 메이저리그는 만만치 않았다.

한정훈이라는 괴물 같은 선수의 활약 덕분에 한국 야구와 선수들에 대한 시선이 호의적으로 변한 건 분명한 사실이었다. 하지만 그 호의를 계속 받으려면 그만큼 실력이 뒷받침되어야 했다.

이번 대회가 끝나면 성진우는 자신의 인생에 대해 중대한 결정을 내려야 한다.

곧바로 메이저리그의 문을 두들겨 볼 것인가.

오래전부터 관심을 보여왔던 일본 리그를 거쳐 갈 것인가.

아니면 2년을 더 기다렸다가 FA 계약을 통해 스타즈의 에이스로 남을 것인가.

이 고민거리는 황철민에게도, 이승민에게도, 강현승에게

도 통용되는 것이었다.

국내 포수 부분 FA 최고 계약을 갱신할 게 유력시되는 박기완이야 스톰즈에 남을 가능성이 크다지만 다른 선수들은 고심이 클 수밖에 없었다.

국내에 남아 최고 수준의 대우를 받는다면 해외 진출은 포기해야 한다. 반대로 해외 진출을 선언할 경우 꿈은 이루겠지만 성공 가능성과 보상을 확신하기 어려웠다.

"뭘 걱정하고 그래? 설마 네가 갈 팀이 없을까 봐 이러는 거야?"

황철민은 걱정할 것 없다며 성진우를 달랬다.

올 시즌 잠깐 부진하긴 했지만, 성진우는 지난 몇 년간 꾸준한 활약을 펼쳤다. 고작 그 정도로 성진우에 관한 관심이 사라질 리는 없다고 단언했다.

"그래, 인마. 기운 내. 너 계약금 받으면 크게 한턱낸다면서?"

강승현도 한마디 거들었다. 적어도 자신보다는 해외 진출이 유력한 성진우가 주눅이 들어 있으니 괜히 자신까지 기운이 빠질 것 같았다.

물론 성진우도 해외 진출에 대한 미련을 접고 싶진 않았다. 죽이 되든 밥이 되든 한번 부딪쳐 보자는 생각도 강했다.

하지만 그건 어디까지나 최소한의 대우를 받고 해외 진출을 했을 때의 이야기였다.

프리미어 12가 끝나고 대표팀이 해산되면 성진우를 비롯해 해외 진출이 가능한 선수들이 앞다투어 세계무대의 문을 두드릴 것이다. 그 경쟁이 치열하겠지만 성진우는 그래도 자신이 황철민 다음가는 대어급 선수가 될 수 있다고 여겼다.

그러나 반등의 기회라 여겼던 프리미어 12에서도 부진하면서 기대하던 수준의 계약은 사실상 힘들어졌다.

스타즈의 에이스로 활약하며 지난 6년간 성진우가 쌓아올린 승수는 69승에 달했다.

1년 평균 11.5승.

대단한 승수는 아니지만, 스타즈가 5년 연속 지구 최하위였던 걸 감안하면 타 구단 15승급 투수와 맞먹는 활약을 펼쳤다고 해도 과언이 아니었다.

스타즈도 성진우가 원하면 해외 진출을 승인해 주기로 약속을 했다. 그 이면에는 500만 달러 이야기가 나돌던 성진우의 포스팅 비용을 통해 전력을 강화해 보겠다는 속셈도 어느 정도 깔려 있었다.

하지만 조금 전 에이전트에게 듣기로 관심을 보였던 빅 마켓 구단에서 입장을 선회했다고 한다. 예상 포스팅 비용은 최대 300만 달러. 고작 1년 사이에 200만 달러의 포스팅 비용이 줄어들어 버렸다.

포스팅 비용이 줄어들면 몸값도 낮아질 가능성이 컸다. 당초 희망 계약은 4년 계약에 1,000만 달러. 스톰즈에서 FA를 선언했을 시 받을 수 있을 4년 110억~120억 수준을 기준으로 잡은 것이었다.

그러나 지금 상태로 메이저리그에 간다면 연봉 손해를 감수할 수밖에 없었다. 에이전트가 조심스럽게 말한 기대 몸값은 2~3년 계약에 400~500만 달러 정도. 고작 그 정도 대우라면 굳이 메이저리그에 가서 고생할 이유가 없었다.

그때였다.

"다들 여기 있었네?"

문이 열리더니 박기완과 한정훈이 방으로 들어왔다.

"넌 어디 갔다가 이제 왔냐?"

"어디 갔다 왔긴. 잘나신 메이저리거 지갑 좀 털고 왔지."

박기완이 씩 웃으며 쇼핑백을 내려놓았다. 빈말이 아닌 듯 쇼핑백 안에는 최고급 초밥을 비롯해 각종 술과 안주가 가득 담겨 있었다.

"정훈이 무리하는 거 아냐?"

이승민이 슬쩍 한정훈의 표정을 살폈다. 모모코와 즐거운 시간을 보내려다 박기완에게 끌려 나와서인지 한정훈의 표정은 살짝 뚱해 있었다.

그러자 황철민이 별소리를 다 한다며 웃었다.

"너, 지금 정훈이 지갑 걱정하는 거냐?"

"그래, 인마. 이 바닥에서 제일 쓸데없는 걱정이 한정훈 걱정이라더라."

"내 말이. 난 정훈이 올해 고전하면 어쩌나 걱정했는데 고전은 개뿔. 한국에서처럼 혼자 다 해먹을 줄 누가 알았겠냐."

화제가 한정훈으로 바뀌자 선수들의 입가에 웃음이 번졌다. 한정훈도 피식 웃고는 빈자리에 털썩 엉덩이를 붙여 앉았다.

"그런데 무슨 이야기 했어? 분위기가 좀 심각한데?"

눈치 빠른 박기완이 눈을 돌리며 물었다. 그러자 성진우가 고해성사하듯 자신의 고민거리를 다시 한 번 늘어놓았다.

"흠…… 나야 뭐 해외 진출은 반쯤 포기했으니까 뭐라 말할 입장은 못 되는 거 같고. 정훈아, 네가 한마디 해줘라."

"내가?"

"그래, 인마. 팀은 달라도 우리 세계 선수권 동기잖아. 동기 좋다는 게 뭐야. 안 그래?"

박기완이 한정훈에게 공을 넘겼다. 이 상황에서 성진우의 고민에 진지한 답을 줄 수 있는 건 한정훈밖에 없다고 여겼다.

성진우도 조심스럽게 한정훈을 바라봤다. 자신만 스타즈 선수라 한정훈이 메이저리그에 진출하기 전에도 살짝 거리를 두며 지내긴 했지만 지금 이 순간만큼은 한정훈의 진심 어린 조언을 듣고 싶었다.

"흠……."

한정훈이 길게 신음했다. 그저 밀린 회포나 풀자던 자리가 이렇게 진지해질 줄은 미처 생각하지 못했다.

하지만 그렇다고 이 상황을 외면할 생각은 없었다.

서재훈은 말했다. 메이저리그 선배라면 메이저리그를 꿈꾸는 예비 메이저리거들에게 꿈과 희망을 심어줘야 한다고.

"어렵게 생각하지 마. 난 진우 형 심정 이해해. 꿈도 좋지만, 생활이 먼저야."

한정훈은 현실을 직시할 필요가 있다고 말했다. 굳이 꿈을 좇아 미국에 왔다가 마이너리그만 전전한 채 사라지는 마이너리그의 예는 들지 않았다. 자신이 말하지 않아도 다들 충분히 그 점을 인지하고 있다고 여겼다.

"야, 네가 그렇게 말하니까 나까지 우울해지잖아."

남의 일인 양 듣고 있던 황철민의 표정이 굳어졌다. 다른 사람도 아니고 한정훈의 말이다 보니 허투루 들을 수가 없었다.

"후우……."

성진우는 길게 한숨을 내쉬었다. 한정훈의 말이 틀린 건 하나 없지만 정말로 저렇게 이야기를 해버리니 왠지 얄미운 생각이 들었다.

그러나 한정훈의 말은 아직 다 끝난 게 아니었다.

"진우 형, 솔직히 말해봐. 어깨 안 좋지?"

"그, 그게 무슨 소리야?"

"형 던지는 거 봤는데 예전처럼 공을 제대로 채지 못하더라. 그거 일시적인 현상 아니잖아. 안 그래?"

한정훈의 한마디에 성진우의 표정이 굳어졌다. 팀 닥터조차 모르고 있는 사실을 한정훈이 단번에 알아챌 줄은 몰랐던 것이다.

"시, 심각한 거 아냐."

"그래, 지금은 그렇겠지. 하지만 해외 진출 때문에 무리하면 더 탈 날 거야. 그러니까 지금은 욕심부리지 말고 몸부터 관리해. 해외 진출은 그다음에 해도 늦지 않으니까."

제아무리 한정훈이라 해도 성진우의 해외 진출을 놓고 이렇다 저렇다 떠들어 댈 수는 없었다.

설사 성진우가 해외에서 성공할 가능성이 작다 하더라도 그건 어디까지나 가능성일 뿐이지 그 결과는 부딪쳐 보기까지는 그 누구도 장담하기 어려웠다.

다만 한정훈은 성진우가 마음의 여유를 가지길 바랐다. 해외 진출 자격을 획득하기 위해 힘든 몸을 이끌고 국제 경기에 참여하면서 무리가 온 어깨를 추스른 뒤 다시 한 번 건강한 몸으로 해외 진출에 도전하는 게 좋다고 판단했다.

"후우…… 그래, 알았다. 네 말대로 할게."

잠시 얼굴을 붉혔던 성진우가 이내 고개를 끄덕였다. 해외 진출을 포기하라는 것도 아니고 몸부터 추스르라는데 무작정 제 고집만 부릴 수는 없었다.

"승민이 형도 체력 훈련 확실하게 해."

"그렇지 않아도 올해 빡빡하게 할 생각이었다."

"현승이 형은 담배 끊고."

"요, 요즘은 조금밖에 안 피워. 진짜야."

"철민이 형도 지금에 안주하지 마. 병훈 선배 메이저리그 첫해에 고생한 거 알지?"

"그럼, 알다마다. 나도 그 점에 대해 고민 중이었다."

"고민만 하지 말고 훈련해. 메이저리그에서 살아남으려면 그만큼 노력해야 한다고."

한번 터진 한정훈의 잔소리는 다른 선수들에게까지 이어졌다.

한 살 어린 동생에게 듣는 잔소리라 다들 표정이 밝지는 않았지만, 누구 하나 고깝게 생각하진 않았다.

어지간해서 남에게 이러쿵저러쿵 말하지 않는 한정훈이

어렵게 꺼낸 말이라면 무조건 들어야 한다고 여겼다.

“짜식들, 그냥 나랑 같이 국내에 남으라니까.”

유일하게 잔소리를 면한 박기완이 여유를 부렸다. 하지만 그것도 잠시. 한 바퀴 돈 한정훈의 시선이 자신을 향하자 지레 움찔 놀라며 재빨리 술판을 벌였다.

“자, 자! 18년 동기들을 위하여!”

“위하여!”

여섯 개의 캔 맥주가 허공에서 부딪혔다. 그렇게 방 안은 알코올 냄새로 젖어 들어갔다.

134장
어차피 주인공은 한정훈(2)

결승전을 앞둔 한국 대표팀의 표정은 밝았다. 도쿄 돔에서 숙명의 라이벌 일본과 결승전을 치르게 됐는데도 누구 하나 긴장하거나 걱정하지 않았다.

"한 점만 뽑으면 되는 거지?"

"에이, 형도 참. 그래도 예의상 두 점은 뽑아야지."

"그럼 치흥이가 나가고 철민이가 홈런 치면 되겠네."

"그렇다고 결승전을 어떻게 후배들한테만 맡겨? 우리도 뭘 해야지."

"하긴 뭘 해, 인마. 이 나이 먹도록 대표팀에 죽치고 있는 것도 미안한데."

박병훈과 강준호는 특유의 만담으로 대표팀의 분위기를

이끌었다. 둘 다 내후년 WBC 이후로 대표팀 은퇴를 선언한 상황이라 선배 놀이 같은 것에는 눈곱만큼의 관심도 없었다.

최고참인 둘이 이렇다 보니 다른 선수들도 선후배를 앞세우지 않았다. 서로서로 살갑게 지냈다. 물론 모든 선수가 전부 친할 수는 없겠지만 적어도 얼굴을 붉히며 감정을 드러내는 일은 벌어지지 않았다.

반면 일본 대표팀의 분위기는 썩 밝지 않았다. 결승전에서 한정훈을 만나야 한다는 사실에 다들 신경이 곤두서 있었다.

"내일…… 이길 수 있을까?"

"이길 수 있어. 그렇게 믿고 싸우기로 했잖아."

"말이야 쉽지. 하지만 상대는 한정훈이라고."

"한정훈도 구속이 많이 떨어졌잖아. 그러니까 미리부터 기죽을 필요 없어. 힘을 합치면 이길 수 있다고."

일본 대표팀 선수들은 모였다 하면 결승전에 대한 부담감을 토로했다.

주최국으로서 프리미어 12 첫 우승을 노리는 만큼 어느 정도의 부담은 당연한 것이겠지만 상대가 한정훈이라는 건 이야기가 달랐다.

예선전에서도 한정훈의 벽을 넘지 못했는데 결승이라도 다를 것 같지 않았다.

그럴 때마다 고참급 선수들이 할 수 있다고 독려했다. 한정훈도 결국 일개 선수일 뿐이라며 겁먹을 필요 하나 없다고 목소리를 높였다.

하지만 정작 자존심 강한 일본 언론에서도 한국이 프리미어 12, 3연패를 이룰 가능성을 더 크게 점치고 있었다.

"한국은 예정대로 한정훈입니다."

"한국이 한정훈을 최대한 등판시킬 거라 예상은 했습니다만 네 경기에나 투입할 줄은 몰랐습니다."

"이게 불필요하게 개막전을 따로 가진 탓입니다. 다른 국가들과 일정을 맞췄다면 한정훈을 이런 식으로 만나지는 않았을 겁니다."

"그런 건 이제 와 후회해 본들 의미가 없겠죠. 그보다 중요한 건 하리모토 쇼타가 얼마나 버텨 주느냐는 건데……. 솔직히 오타니 쇼헤의 빈자리를 완전히 메워주길 기대하는 건 무리일 것 같습니다."

이런저런 핑계 속에서 일본 야구 전문가들은 일본이 우승하기 어려운 가장 큰 이유로 에이스의 부재를 들었다. 에이스인 오타니 쇼헤가 결승전에 나서지 못하면서 일본 대표팀의 전력도 반감됐다는 이야기였다.

메이저리그에서는 하리모토 쇼타가 오타니 쇼헤의 위상을 따라잡은 지 오래였다. 오타니 쇼헤의 커리어를 배제하고 봤을 때 하리모토 쇼타가 더 낫다는 냉정한 평가도 적지 않았다.

오타니 쇼헤를 비롯한 일본의 메이저리그 투수들도 현 일본의 에이스로 하리모토 쇼타를 꼽았다. 하리모토 쇼타는 메이저리그에 데뷔해 2년 연속 18승을 거두었다. 이건 일본 언론이 에이스라 치켜세우는 오타니 쇼헤조차 이루지 못한 기록이었다.

하지만 일본 언론들은 여전히 하리모토 쇼타를 평가절하했다. 재일교포 투수가 한국인인 한정훈에게 밀려 양키즈의 2선발 노릇을 하고 있으니 실력을 떠나 일본을 대표하는 투수로 삼기 어렵다는 인식이 팽배했다.

"후우…… 나 국가대표 그만해야 하나 보다."

답답한 마음에 하리모토 쇼타는 한정훈을 찾아갔다. 당장 일본 언론이 안다면 난리가 날 일이었지만 한정훈만큼 마음을 터놓고 이야기할 수 있는 상대가 없었다.

결승전을 앞두고 힘들어하는 하리모토 쇼타를 보고 있자니 한정훈도 씁쓸한 마음이 들었다.

그렇다고 어쭙잖은 위로나 동정은 하고 싶지 않았다. 과거로 돌아오기 전 한정훈 세대들에게 하리모토 쇼타는 그 누구보다 빛나던 별이었으니까.

"쇼타, 난 결승전 기대된다."

"……?"

"너하고 정말 오랜만에 맞붙는 거잖아. 안 그래?"

한정훈이 하리모토 쇼타의 어깨를 감싸 안으며 씩 웃었다. 그러더니 이내 진지한 목소리로 말했다.

"나는 너를 상대할 때가 가장 긴장돼. 너는 어떨지 모르겠지만 너한테만큼은 절대 약한 모습 보여주고 싶지 않거든. 그러니까 각오해. 친구라고, 라이벌이라고, 모모코 오빠라고 봐주는 거 없어."

과거로 돌아온 이후 한정훈이 목표로 삼았던 건 다름 아닌 하리모토 쇼타였다. 그리고 하리모토 쇼타를 앞지른 이후 목표는 하리모토 쇼타에게 절대 따라잡히지 않는 선수가 되는 것이었다.

아울러 한정훈은 하리모토 쇼타가 목표로 삼을 만한 선수가 되고 싶었다.

본래 하리모토 쇼타가 차지해야 했을 영광을 빼앗은 만큼 과거보다 하리모토 쇼타가 더 대단한 투수가 되도록 자극제가 되어주고 싶었다.

그런 바람이 통한 것인지는 모르겠지만 하리모토 쇼타는 과거보다 빠르게 메이저리그에 자리를 잡았다. 2년 연속 18승은 과거에도 이루지 못한 성적이었다.

그만큼 하리모토 쇼타는 훌륭한 투수로 성장했다. 그 사실만큼은 그 누구도 부정할 수가 없었다.

"하나만 묻자."

"물어봐."

"결승전 때…… 떨릴 거 같아?"

하리모토 쇼타가 고개를 들고 한정훈을 바라봤다.

한정훈의 위로가 100% 통한 건 아니지만 자신을 라이벌로 여겨준다는 그 한마디만큼은 결코 가볍게 들을 수가 없었다.

"지금 이 꼴이라면 전혀. 하지만 네가 정신 차리고 이 악물고 던져 준다면…… 떨릴 거다."

한정훈이 솔직히 대답했다. 자격지심에 빠져 축 늘어진 지금의 하리보타 쇼타는 조금도 두렵지 않지만, 양키즈에서 종종 보여주었던 자신만만한 피칭을 펼친다면 한정훈도 전력을 다하지 않을 수 없을 것 같았다.

"그래, 알았다."

하리모토 쇼타가 묵묵히 자리에서 일어났다. 그리고 한정훈에게 손을 내밀었다.

"이번에는 안 질 거다."

"이번에도 내가 이길걸?"

"재수 없는 놈."

가볍게 서로의 손을 맞잡은 뒤 하리모토 쇼타가 한결 가벼워진 얼굴로 방을 나섰다.

그리고 이틀 후, 대망의 프리미어 12 결승전이 시작됐다.

—드디어 결승입니다.

—네, 이번 대회는 결승진출이 어렵지 않느냐는 이야기가 많았었는데 결국 결승전까지 올라왔습니다.

—한정훈 선수의 합류로 한시름 놓긴 했습니다만 이번 대회 전력은 우승권으로 놓기 어렵다는 이야기가 많았었는데요.

—세대교체가 이루어지는 과정에서 주축으로 활약하던 선수들이 빠져 나갔으니까요. 새로 들어온 선수들이 손발을 맞출 기회도 많지 않았죠. 특히나 국제 대회에서는 경험만큼 중요한 게 없다고 하는데 그 경험적인 측면에서 손실이 컸습니다.

—그나마 다행히도 막판에 한정훈 선수가 합류하면서 대표팀 전력이 안정됐다는 평가를 받았죠?

—솔직히 말씀드려서 한정훈 선수는 좀 사기 캐릭터 아니겠습니까? 한정훈 선수가 등판하는 경기는 지지 않을 거라는 확신이 있으니까요.

—아, 지금 화면에 요하니스 산체스 선수의 모습이 보이는데요?

—쿠바 대표팀의 중심 타자죠? 한정훈 선수와 함께 양키즈

에서 활약하고 있는 선수입니다.

전날 열린 3, 4위 결정전은 쿠바의 승리로 끝났다. 준결승전 패배의 원흉으로 몰렸던 요하니스 산체스와 요르비스 보토가 나란히 홈런포를 가동하면서 도미니카 공화국의 맹추격을 따돌렸다.

그래서인지 중계 카메라에 잡힌 요하니스 산체스의 표정은 밝았다. 이번 대회를 통해 자신의 진가를 드러낸 요르비스 보토도 한껏 상기된 얼굴로 옆자리에 앉아 있었다.

–어제 3, 4위전 이후 MVP로 뽑힌 요하니스 산체스 선수와 인터뷰를 나눴는데요. 그때 한국과 일본 중 누구를 응원하느냐는 질문에 재미있는 대답을 해줬습니다.

–일본이라고 하던가요?

–하하. 요하니스 산체스 선수는 나라보다는 한정훈 선수와 하리모토 쇼타 선수를 응원하고 싶다고 말했습니다.

–하긴, 아시아권 나라를 잘 모를 테니까요.

–그중에서 한 명만 응원한다면 누구냐고 물어봤는데 잠시 뜸을 들이더니 하리모토 쇼타 선수라고 답했습니다.

–이쯤에서 제가 그 이유를 물어봐야 하겠죠?

–하하. 네, 저도 그 이유가 궁금해서 되물었습니다. 그랬

더니 '한정훈 선수는 응원이 필요 없을 만큼 강해서'라고 대답하더라고요.

요하니스 페데즈가 화면에 잡히면서 우스갯소리로 시작한 이야기였지만 중계진의 담화를 들은 이들 중 누구도 요하니스 페데즈가 농담 삼아 그런 말을 했으리라고 생각하지 않았다.

그건 중계진도 마찬가지였다.

"재훈이 형, 이건 오프 더 레코든데 요하니스 산체스는 진심으로 한 말이었어요."

"나도 알아. 쿠바 선수들 자존심이 얼마나 센데 그런 말을 농담으로 하겠어?"

"저한테 하리모토 쇼타 선수 너무 공격하지 말아 달라고 부탁까지 했어요."

"요하니스 산체스도 아는 거지. 하리모토 쇼타라 해도 정훈이를 이기진 못한다는 걸."

"그런데 정말 불가능할까요?"

"정훈이가 정말 컨디션이 안 좋은 날이라면 한 번 노려볼 만하겠지만 그런 날이 올까?"

서재훈이 안쓰러운 눈으로 마운드에 선 하리모토 쇼타를 바라봤다.

국가 대항전에서 결승전 선발투수로 나서서 하필 한정훈을 만났으니 하리모토 쇼타도 엄청 부담스러울 거라 여겼다.

서재훈뿐만 아니라 일본 중계진들도 하리모토 쇼타를 못미더운 눈으로 바라봤다.

–하리모토 쇼타, 결승전 선발의 중책을 맡았습니다.

–본래 결승전은 에이스인 오타니 쇼헤의 몫이었습니다만 지난 준결승전에 등판하면서 하리모토 쇼타가 대신 나서게 됐습니다.

–여러모로 불운한 일이죠.

–그렇습니다. 하리모토 쇼타가 올 시즌 좋은 활약을 선보였다 하더라도 일본 대표팀의 에이스는 오타니 쇼헤니까요.

–오타니 쇼헤와 한정훈 간의 아시아 최고 강속구 대결을 볼 수 없어서 아쉽습니다. 그 아쉬움이 느껴지지 않도록 하리모토 쇼타가 좋은 모습을 보여주어야 할 텐데요.

–1회가 고비입니다. 결승전의 중압감을 하리모토 쇼타가 얼마만큼 감당할 수 있을지가 걱정입니다.

한일 양국의 중계진은 약속이나 한 것처럼 1회 초가 중요한 승부처가 될 거라고 내다봤다. 하지만 무안하게도 1회 초에는 아무 일도 일어나지 않았다.

1번 타자 정수민은 삼진.

2번 타자 김호영은 유격수 땅볼 아웃.

3번 타자 황철민은 중견수 플라이 아웃.

하리모토 쇼타가 1회를 끝마치는 데 걸린 시간은 단 6분에 불과했다.

투구 수도 7개.

이번 대회 일본 대표팀 투수 중 이보다 더 깔끔한 투구를 보인 선수가 있나 싶을 정도였다.

-하리모토 쇼타 선수, 1회 초 세 타자를 삼자 범퇴로 돌려세웁니다.

-와우, 이건 거의 한정훈급 피칭인데요?

-탈삼진 개수가 하나 더 늘어났다면 한정훈 선수의 기록지라고 오해할지도 모르겠습니다.

-농담이 아니라 1회는 한정훈 선수를 보는 듯했어요. 조금 전에 하리모토 쇼타 선수에게 버거운 결승전이 될 거라는 말, 취소하겠습니다.

-언제나처럼 빠른 정정 감사합니다. 아, 오타니 쇼헤 선수. 앞장서서 하리모토 쇼타 선수와 하이파이브를 나누는데요.

-저런 대우를 받아 마땅한 피칭을 했어요. 어쩌면 오늘

경기 이후로 일본의 에이스 논쟁은 결론이 날 것 같습니다.

–하리모토 쇼타 선수로요?

–네, 하리모토 쇼타 선수로요.

서재훈은 하리모토 쇼타에 대해 극찬을 아끼지 않았다. 한정훈과의 사적인 관계를 떠나 하리모토 쇼타가 1회에 보여준 견고함은 쉽게 무너뜨릴 수 있을 만한 게 아니었다.

하지만 일본 중계석은 별달리 호들갑을 떨지 않았다. 하리모토 쇼타의 호투에 조금 놀란 반응이었지만 그뿐이었다.

하리모토 쇼타에 이어 마운드에 오르는 누군가를 발견하고는 잠시 치밀었던 흥분을 힘껏 억눌렀다.

–한국의 에이스 한정훈이 마운드에 올라옵니다.

–대단한 투수죠. 지난 시즌 메이저리그에서 아메리칸리그 MVP를 수상했습니다.

–2년 연속 아메리칸리그 사이영상을 수상하기도 했습니다. 다수의 매체를 통해 2년 연속 메이저리그 최고 선수로 꼽히기도 했고요.

–한정훈을 보고 있자면 오타니 쇼헤의 한창때가 생각납니다.

–오타니 쇼헤도 한정훈 나이 때는 정말 대단했었는데요.

-팔꿈치 부상만 없었더라도 한정훈 못지않은 대단한 커리어를 쌓았을 거라 확신합니다.

한정훈의 칭찬으로 시작했던 일본 중계진의 멘트는 언제나처럼 오타니 쇼헤에 대한 안타까움으로 끝났다.

심지어 중계 카메라조차 경기와 아무 상관이 없는 오타니 쇼헤의 얼굴을 자주 비추었다. 그 때문에 전 세계 야구 팬들의 불만이 폭주할 지경이었다.

ㄴ대체 오타니 쇼헤는 왜 자꾸 보여주는 거야?

ㄴ오늘 선발 하리모토 쇼타 아냐? 오타니 쇼헤는 못 나오는 거 아니었어?

ㄴ나올 수는 있겠지. 경기 후반에 잠깐. 하지만 그렇다고 해도 자꾸 오타니 쇼헤를 보여주는 건 아니지! 한정훈의 환상적인 피칭을 못 보잖아!

ㄴ일본 멍청이들아! 오타니 쇼헤 얼굴은 필요 없어! 한정훈을 비추라고!

ㄴ일본의 편파 중계는 알아줘야 한다니까!

그 와중에도 한정훈은 대표팀 에이스다운 피칭을 이어갔다.

1번 타자 유키 나스히로를 삼진으로 돌려세운 뒤 2번 타자 오코에 루이스를 2루수 땅볼로 유도해 아웃 카운트를 늘렸다.

그리고 3번 타자 야마다 데쓰토를 맞아 최고 구속 158km/h의 포심 패스트볼을 던져 포수 파울 플라이로 잡아냈다.

삼자 범퇴.

투구 수는 하리모토 쇼타와 같은 7개였다.

—순식간에 한 이닝이 끝났습니다.

—한정훈 선수, 평소보다 더욱 공격적인 투구로 일본 타자들을 상대하고 있습니다.

—하리모토 쇼타 선수의 컨디션도 좋아 보이는데요. 이대로 가다간 2시간 만에 경기가 끝날지도 모르겠습니다.

—개인적으로는 그렇게 됐으면 좋겠습니다. 솔직히 너무 목이 아프거든요.

서재훈의 너스레를 들은 듯 하리모토 쇼타와 한정훈은 6회까지 팽팽한 투수전 양상을 만들어 갔다. 덕분에 양 팀 타자들만 죽을 맛이었다.

6회까지 한국 대표팀 타자들이 때려낸 안타 수는 단 2개. 황철민이 1개, 안치홍이 1개였다.

사사구는 없었다. 대신 삼진만 9개나 당하고 말았다. 과도기에 있는 대표팀 타선이라 해도 6이닝 2안타 빈공은 결승전이 처음이었다.

일본 대표팀의 사정은 더했다. 6이닝 동안 단 한 명도 한정훈을 상대로 안타를 때려내지 못했다. 사사구를 얻어낸 타자도 없었다. 탈삼진만 9개.

한정훈을 상대로 그동안 여러 차례 짓밟히긴 했지만 컨디션이 온전치 않은 한정훈에게 퍼펙트로 끌려간다는 건 치욕이나 다름없었다.

이 와중에 일본 대표팀의 투수 운용에 비상이 걸렸다. 6이닝 동안 잘 던지던 하리모토 쇼타를 내려야 하는 상황이 발생한 것이다.

애당초 양키즈에서 하리모토 쇼타의 차출을 허락하며 내건 조건은 2경기 선발 등판이었다. 예선전 1경기와 본선 1경기. 그리고 일본 대표팀이 4강전에 올랐을 때는 별도로 출전을 논의하기로 이야기가 된 상태였다.

하리모토 쇼타를 결승전 선발에 써야 하는 상황이 발생하자 일본 대표팀은 양키즈 구단에 협조를 요청했다.

그리고 양키즈는 하리모토 쇼타의 6이닝 투구 제한을 걸었다. 양키즈가 90구 투구 제한을 걸려 했지만 일본 대표팀이 투구 수 제한을 이닝 제한으로 변경하길 원하면서 6이닝이 됐다.

제아무리 하리모토 쇼타라 하더라도 결승전에서는 긴장할 테니 투구 수가 늘어날 거라 판단한 것이다.

하지만 정작 하리모토 쇼타는 결승전에서 6이닝 동안 단 67구만 던졌다. 두 개의 안타를 맞았지만, 병살타 두 개를 유도해 낸 덕분에 투구 수를 대폭 아낀 것이다.

이닝당 평균으로 따지면 11.17구.

양키즈의 제안대로 이닝이 아니라 투구 수를 따졌다면 최대 2이닝은 더 끌고 갈 수 있을 정도였다.

뒤늦게 일본 대표팀 관계자가 하리모토 쇼타의 에이전트인 마토 사케유키를 붙잡고 사정해 봤지만 소용없었다.

"말씀은 충분히 알겠습니다만 그건 제 권한 밖입니다."

"사케유키 씨."

"죄송합니다만 양키즈와 이미 이야기가 끝난 사안이라서 말이죠."

마토 사케유키가 사람 좋은 얼굴로 웃었다. 그 역시 일본인이긴 하지만 하리모토 쇼타의 가치를 깎아내릴 때는 언제고 이제 와 도움을 청하는 일본 야구 대표팀에 협조하고 싶은 마음은 눈곱만큼도 없었다.

무엇보다 마토 사케유키는 하리모토 쇼타의 결승전 무실점 기록을 망치고 싶지 않았다.

한정훈을 상대로 프리미어 12 결승 무대에서 6이닝 동안 팽팽하게 맞섰다. 여기서 마운드를 내려간다 해도 하리모토 쇼타에게 손해가 될 일은 전혀 없었다.

애당초 6이닝 등판이라고 여기고 마운드에 올랐던 하리모토 쇼타도 더는 투구를 이어갈 상황이 아니었다. 이미 모든 걸 쏟아부었는데 무리해서 마운드에 올랐다간 큰 사고를 칠 것만 같았다.

"어쩔 수 없지."

오쿠보 유키 감독은 하리모토 쇼타를 내리고 마츠모리 유키를 마운드에 올렸다. 하드뱅크 소속 우완 투수로 탄탄한 체격에 빠른 공을 던져 메이저리그에서도 관심을 갖고 있는 선수였다.

퍼엉!

마츠모리 유키는 초구부터 전력을 다하며 메이저리그 스카우트들에게 자신의 존재감을 뽐냈다.

전광판에 찍힌 구속은 158km/h.

153km/h 전후를 던졌던 하리모토 쇼타에 비하면 5km/h 이상 빠른 공이었다.

"좋군."

오쿠보 유키 감독도 안심하듯 고개를 끄덕였다. 오늘 경기 한정훈의 포심 패스트볼 최고 구속이 158km/h였으니 이 정도면 어느 정도 균형을 맞출 수 있겠다 여겼다.

"스트라이크, 아웃!"

오쿠보 유키 감독의 기대에 부응하듯 마츠모리 유키는 1번 타자 정수민과 2번 타자 김호영을 연속 삼진으로 돌려세웠다.

좌완 하리모토 쇼타의 공에 겨우 익숙해졌던 타자들에게 마츠모리 유키가 던지는 강속구는 반칙 같은 느낌이 들 정도였다.

"한국 놈들도 별것 아니군."

마츠모리 유키가 한껏 입가를 비틀어 올렸다. 김호영 다음으로 황철민이 들어왔지만, 그 자신감은 달라지지 않았다.

'이 자식은 위험해. 신중하게 가자.'

포수 나카무라 요헤이가 바깥쪽으로 빠져 나가는 공을 요구했다. 이번 대회에서 쟁쟁한 메이저리거들을 밀어내고 홈런 랭킹 선두를 달리는 황철민에게 정면 승부를 걸 만한 상황이 아니라고 판단했다.

하지만 마츠모리 유키의 생각은 달랐다.

'저 녀석도 메이저리그를 희망한다고 했지?'

보란 듯이 고개를 저으며 황철민과의 승부에 열을 올렸다.

'제길, 그렇다면 제대로 던져라.'

나카무라 요헤이가 어쩔 수 없다며 몸 쪽 공을 주문했다.

구종은 포심 패스트볼.

초구에 기선을 제압하자는 이야기였다.

마츠모리 유키는 냉큼 고개를 끄덕였다. 그리고 나카무라 요헤이의 생각이 달라질세라 곧장 투수판을 박차고 나갔다.

후아앗!

바람 소리와 함께 날아든 공이 황철민의 몸 쪽을 빠르게 찔러 들어갔다. 황철민이 어떻게든 타이밍을 맞춰보려 했지만, 공은 생각보다 빠르게 홈 플레이트를 스쳐 지났다.

"스트라이크!"

잠시 망설이던 구심이 오른손을 들었다.

"후우……."

동시에 황철민의 입에서 무거운 한숨이 흘러나왔다.

충분히 휴식을 취해서인지는 모르겠지만 마츠모리 유키의 컨디션은 좋아 보였다.

하지만 황철민은 주눅 들지 않았다. 메이저리그 스카우터들 앞에서 가치를 인정받고 싶은 건 비단 마츠모리 유키만이 아니었다.

'세컨 피치는 커터. 그 외 슬라이더와 서클체인지업, 커브를 던지지만 컨디션이 좋을 때는 포심 패스트볼과 커터로만

승부하는 편.'

마츠모리 유키에 대한 데이터를 되뇌며 황철민이 타석에 들어섰다.

느낌상 2구 역시 몸 쪽을 파고들 것 같았다. 그리고 몸 쪽 공이라면, 포심 패스트볼보다 커터일 가능성이 컸다.

실제 나카무라 요헤이는 황철민의 노림수대로 사인을 냈다. 그러나 이번에도 마츠모리 유키가 고개를 저었다. 황철민만큼은 힘으로 잡아내고 싶은 욕심을 버리지 못한 것이다.

'저 녀석.'

미간을 찌푸리던 나카무라 요헤이는 이번에도 마츠모리 유키의 바람대로 사인을 바꿔주었다.

몸 쪽 포심 패스트볼.

황철민이 타이밍을 맞출 것에 대비해 초구보다는 살짝 높은 쪽을 요구했다.

마츠모리 유키는 고개를 끄덕였다. 하지만 나카무라 요헤이의 사인대로 던질 생각은 없었다.

'저딴 녀석은 한복판으로 던져도 충분히 잡아낼 수 있다고요!'

마츠모리 유키가 악을 내지르며 공을 내던졌다.

후앗!

새하얀 공이 단숨에 황철민의 몸 쪽을 파고들었다.

'왔다!'

황철민도 지지 않고 방망이를 휘돌렸다. 반사적으로 반응하느라 구종까지 파악하진 못했지만, 처음의 노림수대로 커터의 무브먼트를 감안해 팔꿈치를 끌어다 붙였다.

따악!

공과 방망이가 한 점에서 만났다. 황철민이 포심 패스트볼을 노리고 휘둘렀다면 방망이 안쪽에 걸리는 파울 타구가 나왔겠지만, 공 하나 정도 안쪽을 보고 때린 덕분에 타구는 느린 포물선을 그리며 1루수 키를 살짝 넘겨 버렸다.

1루수와 우익수가 타구를 쫓는 동안 황철민은 1루를 돌아 2루까지 내달렸다. 다소 위험한 플레이었지만 결과가 좋았다. 1루수와 우익수 모두 발이 느린 황철민이 2루까지 뛸 거라고는 조금도 예상하지 못한 것이다.

-황철민 선수! 세이프! 2루까지 살아 들어갔습니다!

-반쯤 먹힌 타구였는데 힘으로 밀어냈어요! 정말 대단한 선수입니다!

-오늘 경기 처음으로 득점권에 주자가 출루했는데요!

-그렇습니다. 다음 타석이 4번 타자 박병훈 선수니까요. 충분히 기대할 만한 상황입니다.

2사 이후지만 메이저리거 박병훈이 타석에 들어서자 도쿄돔의 공기가 달라졌다.

박병훈은 하리모토 쇼타를 상대로 큼직한 외야 플라이 두 개를 때려내며 예열을 끝낸 상태였다. 여기서 큰 것 한 방이 터지더라도 이상할 게 없었다.

'어렵게 승부해!'

나카무라 요헤이는 단호하게 바깥쪽 사인을 냈다. 황철민도 무섭지만, 박병훈은 수준이 다른 타자였다. 메이저리그에서도 40개의 홈런을 때려낸 거포 중의 거포였다.

그러나 마츠모리 유키는 이번에도 말을 듣지 않았다. 황철민에게 기분 나쁜 2루타를 얻어맞았는데 나카무라 요헤이의 사인대로 던지다 박병훈을 사사구로 내보내고 싶지 않았다.

'은퇴가 코앞인 녀석에게 겁을 먹으면 어쩌자는 거야?'

마츠모리 유키가 이를 악물며 공을 내던졌다.

후앗!

바람을 가르며 날아간 공이 박병훈의 몸 쪽 깊숙한 곳으로 날아들었다. 그 공을 걷어내기 위해 박병훈이 빠르게 방망이를 휘둘러 봤지만, 공의 궤적은 박병훈의 예상보다 훨씬 깊었다.

퍼억!

둔탁한 소리와 함께 공이 박병훈의 팔꿈치 쪽을 강타했다.

다행히 팔꿈치 보호대 덕분에 큰 부상은 면했지만, 박병훈은 한참 동안 그 자리에 주저앉은 채 움직이지 못했다.

–아아, 박병훈 선수. 고통스러워 보이는데요.

–스윙을 하는 과정에서 공을 미처 피하지 못했습니다. 안타깝네요.

–고의로 던진 공은 아니겠지만 지금까지 실투 없이 잘 던져 왔던 마츠모리 유키 선수가 초구에 박병훈 선수를 맞혔다는 게 좀처럼 이해가 되지 않습니다.

–오해하실까 봐 말씀드리자면 절대 맞힐 만한 상황은 아닙니다. 결승전이고 다음 타자가 강준호입니다. 박병훈 선수보다 컨디션이 좋은 강준호 선수 앞에 주자를 쌓아놓고 싶은 투수는 이 세상에 없을 겁니다.

응급 처치를 받은 박병훈이 1루로 걸어갔다. 김인선 감독이 교체를 해주겠다고 말했지만, 박병훈은 고개를 저었다. 고작 그 정도로 4번 타자가 빠져 버린다면 팀 사기가 떨어질 수밖에 없었다.

2사 1, 2루 상황에서 메이저리거 강준호가 타석에 들어오자 오쿠보 유키 감독이 경원을 지시했다. 한 점이 중요한 상황에서 무리해서 강준호와 상대할 필요가 없다는 이야기였다.

마츠모리 유키도 오쿠보 유키 감독의 지시만큼은 철저하게 따랐다. 그렇게 강준호까지 1루에 나가면서 루상이 가득 채워졌다.

2사 만루.

타석에 6번 타자 구자운이 들어섰다.

'저 녀석만 잡으면 돼.'

마츠모리 유키가 질근 입술을 깨물었다. 황철민과 3번 타순에서 경쟁하다가 컨디션 저하로 6번 타순으로 밀린 구자운이라면 충분히 잡아낼 자신이 있었다.

하지만 구자운도 이번 타석만큼은 호락호락 물러설 수가 없었다.

'이 기회를 어떻게든 살려야 해!'

구자운이 이를 악물었다. 그 순간 마츠모리 유키의 공이 빠르게 날아들었다.

퍼엉!

초구는 몸 쪽 꽉 찬 스트라이크였다. 전광판에 156㎞/h가 찍힐 만큼 빠른 공이 들어왔다.

구자운은 자신도 모르게 혀를 내둘렀다. 몸 쪽 포심 패스트볼을 노리고 있었는데 꿈쩍도 하지 못할 만큼 마츠모리 유키의 공이 좋았다.

'스트라이크를 잡았으니 하나 정도 유인해 볼까?'

구자운을 힐끔 바라본 나카무라 요헤이가 몸 쪽으로 미트를 움직였다.

구종은 슬라이더.

좌타자인 구자운의 몸 쪽을 파고들다 뚝 떨어지는 공을 요구한 것이다.

잠시 뜸을 들이던 마츠모리 유키도 이내 고개를 끄덕였다. 마음 같아선 삼진으로 잡아내고 싶지만, 주자가 꽉 들어찬 상황에서 주전 포수인 나카무라 요헤이의 사인을 또다시 거절하기란 쉽지 않았다.

'제발 헛스윙이나 해라!'

마츠모리 유키가 이를 악물며 공을 내던졌다.

후앗!

빠르게 날아간 공이 홈 플레이트 앞에서 뚝 하고 떨어졌다.

그런 줄도 모르고 구자운이 힘껏 방망이를 휘둘렀다.

어지간한 타자라면 헛스윙이 될 상황이었다. 그런데 마지막 순간 구자운이 엉덩이를 쪽 빼내면서 기어코 공을 때려내고 말았다.

딱!

반쯤 먹힌 타구가 투수 옆을 지나 2루수 쪽으로 느리게 굴러갔다.

그사이 스타트를 끊은 주자들이 다음 베이스를 향해 내달렸다. 발 빠른 구자운도 재빨리 타석을 박차고 나가 1루로 몸을 날렸다. 그러더니 2루수의 송구보다 한발 먼저 1루 베이스를 밟아버렸다.

"세이프!"

메이저리그 출신 1루심이 재빨리 양팔을 벌렸다. 오쿠보 유키 감독이 뛰어나와서 비디오 판독을 신청했지만, 판정은 달라지지 않았다.

-챌린지 결과가 나온 모양인데요.

-네, 세이프입니다.

-구자운 선수의 발이 대한민국을 구했습니다. 1 대 0. 대한민국이 한 점 앞서가기 시작합니다.

0 대 0이던 전광판에 처음으로 변화가 생겼다. 자연스럽게 경기의 분위기가 달라졌다.

"어떻게든 만회해야 해!"

오쿠보 유키 감독은 대타 카드를 총동원해 한정훈에 맞섰다. 평소 공격보다는 수비가 먼저라는 야구 철학을 가지고 있었지만 1 대 0으로 끌려가는 상황에서는 다른 도리가 없었다.

그러자 김인선 감독도 지지 않고 적극적으로 대응했다. 8회 초 공격에서 8번 박기완이 사사구로 나가자 곧바로 대주자를 내보냈다. 그리고 유일한 3루수 허경인 타석 때 대타 카드를 써버렸다.

덕분에 박병훈이 3년 만에 3루수 수비에 나서는 촌극이 빚어지기도 했다.

"정훈아, 형한테 보내면 안 되는 거 알지?"

"그게 제 맘대로 되나요."

"넌 할 수 있어, 아니, 해내야 해. 그러니까 제발 형한테는 타구 보내지 마. 알았지?"

"노력해 볼게요."

박병훈의 엄살에 한정훈은 일본 대표팀의 4, 5, 6번 타순을 전부 삼진으로 돌려세우며 이닝을 마쳤다.

그리고 대망의 9회 말 공격에서도 7, 8, 9번 하위 타선을 깔끔하게 틀어막고 프리미어 12 사상 최초의 퍼펙트게임을 달성했다.

"정훈아아아!"

"이 자식! 이 예쁜 자식!"

경기가 끝나기가 무섭게 선수들이 달려와 한정훈을 붙잡았다. 그리고 5만여 명의 일본 관중 앞에서 보란 듯이 헹가래를 쳤다.

2023 제3회 프리미어 12.

결승전에서 일본을 잡아내며 한국은 대회 3연패를 달성했다.

승리 투수는 한정훈.

대회 MVP 역시 한정훈이었다.

그렇게 뜨거웠던 프리미어 12가 막을 내렸다.

135장
2024(1)

[한국! 프리미어 12, 3연패!]

[한정훈 퍼펙트게임! 한국을 우승으로 이끌다!]

전 세계 언론에서 프리미어 12에 대한 기사들을 쏟아냈다. 대회 기간 내내 시큰둥한 반응을 보이던 미국 언론들도 한국이 일본을 무너뜨리고 대회 3연패를 차지하자 기다렸다는 듯이 축포를 터뜨렸다.

"잘했습니다. 잘했어요! 빨리 귀국합시다. 어서요!"

협회는 선수단의 귀국 일정을 재조율했다. 본래 일본에서 이틀 정도 휴식을 취할 예정이었지만 전 국민적인 인기를 감안해 귀국을 하루 앞당기기로 결정을 내린 것이다.

소식을 전해 들은 선수들도 대부분 긍정적이었다. 시즌 후 국제 대회 참가로 지친 상태에서 하루빨리 집에 갈 수 있다는 데 싫을 리 없었다.

하지만 단 한 사람. 한정훈은 예외였다.

“저는 일본에 볼일이 남아서 따로 가겠습니다.”

“아니, 아니. 한정훈 선수가 주인공인데 따로 간다는 게 말이 됩니까? 그러지 말고 같이 갑시다. 내 특별히 1등석으로 끊어드릴게.”

“1등석 안 끊어주셔도 괜찮습니다. 저 대신 고생하신 감독님 좌석 업그레이드해 주세요.”

“그렇게 할 테니까 갑시다. 응?”

“정말 죄송한데 일본에 볼일이 남아 있습니다.”

“아, 글쎄 그 볼일이 뭔지는 몰라도 한정훈 선수가 빠지면 안 된다니까요.”

협회 임원은 다음 날 아침부터 한정훈을 찾아와 들들 볶았다. 마치 한정훈이 함께하지 않으면 큰일이라도 나는 것처럼 굴었다.

다른 선수들이 모두 조기 귀국에 동의한 상황에서 유독 한정훈만 거부하고 있으니 속이 타는 건 당연한 노릇이었다.

그러나 한정훈도 이대로 한국에 갈 수 없는 사정이 있었다. 그리고 그 사정을 다음 날 일본 언론들이 대대적으로 터뜨려 버렸다. 프리미어 12 우승 실패로 인해 쏟아지던 비난 여론을 덮기라도 하듯 말이다.

[한정훈의 그녀, 하리모토 쇼타의 여동생으로 밝혀져!]

[한정훈, 조만간 하리모토 쇼타의 부모님을 찾아뵙고 결혼 승낙을 받을 예정!]

한정훈과 모모코의 열애 사실이 일본을 지나 곧바로 한국으로 전해졌다. 덕분에 프리미어 12 우승으로 들떴던 한국의 분위기가 뒤숭숭하게 변했다.

ㄴ뭐야, 한정훈 미친 거 아냐? 여자가 없어서 무슨 일본 여자랑 결혼하겠다는 거야?

ㄴ맞아. 진짜 그렇게 안 봤는데 실망이다.

ㄴ이 기사 진짜냐? 찌라시 아니고?

ㄴ베이스 볼 61에서 아직 조용한 거 보면 진짜인 듯.

ㄴ한정훈이라면 국제결혼도 나쁘지 않다고 생각하긴 했지만, 일본 여자는 좀 그렇지 않나?

ㄴ하리모토 쇼타 여동생? 지난번에 사진 봤는데 엄청 뚱뚱하고 못생겼던데?

ㄴ여자가 돈이 많나 보네. 돈 보고 결혼하는 듯.

└속도위반이야 뭐야? 갑자기 이러는 이유가 뭔데?

초반에는 부정적인 여론이 압도적이었다.

한국이 낳은 세계적인 스포츠 스타 한정훈이 굳이 일본 여성과 결혼을 전제로 교제 중이라는 걸 이해할 수 없다는 반응이 많았다.

특히나 한정훈을 좋아하던 여성 팬들은 모모코에 대한 인신공격성 발언까지 서슴지 않았다. 어찌나 분위기가 살벌하던지 베이스 볼 61에서조차 쉽게 대응책을 내놓지 못할 정도였다.

[한국 대표팀. 내일 귀국. 한정훈은 제외.]

[한정훈. 한국 대표팀과 별도 행보 결정.]

협회 측은 기다렸다는 듯이 한정훈의 불참 사실을 언론에 흘렸다. 한정훈 설득에 실패한 이상 이런 식으로 물타기를 하는 편이 여러모로 유리하다고 판단한 것이다.

자연스럽게 모든 화살은 한정훈에게 몰려들었다. 하지만 정작 한정훈은 언제나처럼 이렇다 할 언론 대응을 자제했다.

모든 건 베이스 볼 61에 맡기고 모모코와 함께 그녀의 본가를 찾아갔다.

"어서 오게, 정훈 군."

"한국에서는 난리라는데 괜찮은 거죠?"

하리모토 쇼타의 부모님은 불안함을 감추지 못했다. 한정훈도 걱정이지만 이 논란을 해결하는 과정에서 모모코까지 상처 입게 되는 건 아닐까 걱정한 눈치였다.

그러나 한정훈은 고작 대중의 시선 때문에 모모코를 놓칠 생각이 전혀 없었다.

"신경 쓰지 않으셔도 됩니다. 그리고 온 김에 약혼식 날짜를 정했으면 좋겠습니다."

한정훈의 입에서 약혼식이라는 말이 나오자 비로소 하리모토 쇼타 부모님의 표정이 밝아졌다. 해산식 때문에 뒤늦게 도착한 하리모토 쇼타도 한정훈과 모모코의 약혼을 진심으로 반겼다.

"약혼식은 한국에서 할 거야?"

"본래 너희 부모님께 양해를 구하고 한국에서 할 생각이었는데 일정이 바뀌었어."

"바뀌어? 일본에서 하게?"

"아니, 뉴욕."

"뉴욕?"

"구단에서 어떻게 알았는지 약혼식을 준비해 주겠다고 하더라고."

"그래?"

하리모토 쇼타는 나쁘지 않다는 반응이었다. 그렇지 않아도 한국에서 약혼식을 치른다면 이런저런 논란에 휩쓸릴까 봐 걱정했는데 뉴욕이라면 쓸데없는 구설수는 피할 수 있을 것 같았다.

"그런데 경비는 어떻게 하는 거야?"

"본래는 구단 측에서 전세기를 보내주겠다고 했는데 내가 거절했어."

"그래, 잘했다. 우리가 마이너리그 선수들도 아니고."

"우리가?"

"나도 모모코 오빠인데 도와야지."

"됐어, 인마. 그 돈 모아서 너도 얼른 장가나 가."

"네가 잘 모르나 본데 광고 수익은 내가 너보다 훨씬 많거든?"

하리모토 쇼타가 장난처럼 말했지만, 한정훈은 그 말을 가볍게 흘릴 수가 없었다.

농담이 아니라 올 시즌 종료 후 하리모토 쇼타를 향한 일본 광고계의 러브콜은 끊이지 않고 있었다. 일본 언론에서는 전성기 시절 오타니 쇼헤가 누리던 모든 걸 하리모토 쇼타가 물려받게 될 것이라는 전망까지 나왔다.

말 그대로 일본을 대표하는 메이저리그 간판스타가 하리모토 쇼타로 바뀌고 있다는 이야기였다.

박찬영 대표를 통해 얼핏 들은 하리모토 쇼타의 평균 광고 모델료는 2억 엔에서 3억 엔 사이였다.

언론에서 떠들기로는 하리모토 쇼타에게 들어온 광고 제안만 백여 개에 달한다고 했다. 그중 쏠쏠한 광고 30여 편만 소화해도 하리모토 쇼타는 한정훈과의 연봉 격차를 단숨에 줄일 수 있었다.

"부럽다, 인마."

"부러워할 게 아니라 너도 좀 찍어. 벌 수 있을 때 벌어야지. 안 그래?"

부수입에 적극적인 하리모토 쇼타와는 달리 한정훈은 올해도 광고를 제한적으로 찍기로 합의를 끝낸 상태였다.

사이영상에 이어 MVP까지 휩쓸었지만, 특별히 광고료도 많이 올리지 않았다. 대신 정한 그룹이 대표로 한국 유소년 야구 발전을 후원하는 쪽으로 이야기가 진행 중이었다.

"그런데, 쇼타. 넌 유소년 야구에 관심이 없는 거야?"

"관심이야 많지."

"그런데 왜 후원 같은 걸 안 해?"

"그걸 개인이 한다는 게 이상한 거 아냐? 협회에서 알아서 잘하고 있는데 내가 왜?"

"……좋겠다. 협회가 일 잘해서."

"나도 기본적으로 모교에 용품 같은 건 지원해 주지. 하지만 일본이 못 사는 나라도 아니고 인프라가 잘 구축되어 있는데 내가 나서서 그러는 건 좀 아닌 거 같아."

"하아, 진짜 남의 나라 이야기네."

한정훈이 고개를 흔들었다. 같은 한국인의 피가 흐르고 있다곤 하지만 이럴 때면 하리모토 쇼타가 일본인처럼 느껴졌다.

"어쨌든 우리 쪽 인원은 내가 알아서 뉴욕으로 보낼 테니까 넌 너희 쪽 인원만 신경 써."

"어떻게 할 건데?"

"어떻게 하긴. 전세기 알아봐야지."

"전세기? 대체 몇 명이나 참석하는데 그래?"

"글쎄. 모모코 친구들이랑 친척들이랑 하면 그래도 300여 명은 되지 않을까?"

"그, 그렇게나 많아?"

"너는 더 될 텐데. 아냐?"

"뭐…… 나도 얼추 비슷할 거야."

하리모토 쇼타의 말에 한정훈도 참석 인원을 전면 재조정해야 했다. 본래 양가를 더해 100명 정도의 규모를 예상했는데 모모코 쪽에서만 300명이 참석한다면 허례허식을 떠나 한국에서도 얼추 비슷한 인원을 초대하는 게 예의일 것 같았다.

그렇게 한정훈과 하리모토 쇼타가 약혼식 준비에 정신없는 사이 양키즈 구단이 움직였다. 정확하게는 일찌감치 모모코에 대한 이미지 메이킹을 준비하고 있던 하인 스타인브리너 구단주가 직속 홍보팀을 가동한 것이다.

한 시간에 하나씩 양키즈 홍보팀을 통해 모모코의 사진들과 기사가 공개됐다. 그걸 뉴욕 언론이 냉큼 받아서 기사를 썼다. 그 기삿거리가 다시 미국 주요 언론들을 통해 대대적으로 보도되기 시작했다.

ㄴ모모코가 양키즈 홍보 대사였어? 그런 소린 처음 들은 거 같은데?

ㄴ양키즈 홍보 대사가 어디 한두 명이냐? 그중 하나란 소리지.

ㄴ모모코 보니까 봉사 활동도 꽤 열심히 한 것 같은데?

ㄴ어느 정도야 연출된 사진들이겠지만 그래도 아무것도 안 하는 것보다는 낫네.

ㄴ그런데 모모코가 재일이라는 소리는 뭐야?

ㄴ하리모토 쇼타가 재일인 것도 몰랐냐?

ㄴ재일이 뭐야?

ㄴ이 멍청아, 재일 교포! 우리나라에 살고 있는 교포라고.

ㄴ헐, 진짜? 생긴 건 전형적인 일본 여자던데?

ㄴ그야 재일교포 3세니까 그렇지.

ㄴ역시 일본의 피가 섞여서 그런가. 생긴 건 영 별로란

말야.

ㄴ그 사진 가짜야 멍청이들아. 이게 진짜 모모코라고.

ㄴ대박! 뭐야, 이 아이돌같이 생긴 여자는?

ㄴ장난치지 마. 나 아는 사람이 모모코랑 같은 중학교 다녔는데 못생겼다고 했거든?

ㄴ이 붕신아, 주접떨지 말고 저 미국 사이트 들어가 봐라. 모모코 어린 시절 사진부터 중학교 고등학교 졸업사진 전부 다 나와 있으니까.

하인 스타인브리너 구단주는 모모코의 이미지 메이킹이 한정훈에게 좋은 선물이 되길 바란다는 뜻을 전했다.

그리고 전담 홍보팀은 하인 스타인브리너 구단주의 의중을 100%, 아니, 200% 완벽하게 수행했다.

일본 언론에서 터뜨리기 전 홍보팀은 한국과 일본의 스포츠 스타들의 연애 및 결혼 관련 자료들을 전부 살펴본 뒤에 한정훈과 모모코의 열애 사실이 터졌을 때 나올 반응들까지 세밀하게 검토하고 10가지 대응 방향을 마련해 놓았다.

덕분에 한국의 부정적인 여론을 잠재울 만한 떡밥들을 순차적으로 내보낼 수 있었다.

ㄴ모모코가 요리도 못 할 거라고 떠들어 대던 사람 어딨

냐? 보니까 상다리가 휘어지게 잘 차리는 거 같은데.

ㄴ한정훈을 위해서 안마 자격증에 요리 자격증까지 일찌감치 따놨단다. 대박.

ㄴ저 정도면 인정. 한정훈 만나서 팔자 고쳐 보려는 여자들한테는 미안한 이야기지만 어리지 예쁘지 착하지, 이건 못 이긴다.

ㄴㅇㅂㅇ 맞아. 이 정도면 거의 사기캐 수준인데?

미국 기사의 위력은 놀라웠다. 국내나 일본 기사들은 물타기라고 몰아세우던 이들조차 미국에서 건너온 기사 앞에서는 고개를 끄덕거리고 말았다.

덕분에 한국에서의 부정적인 여론은 금세 잦아들었다. 도쿄에서 일주일을 쉰 뒤 한정훈과 모모코가 한국으로 들어올 무렵에는 모모코 팬클럽까지 개설되어 있었다.

그러나 한정훈은 그런 여론의 변화를 체감하지 못했다. 지인들에게 약혼식 초대장을 나눠 주느라 정신이 하나도 없었기 때문이다.

모모코도 열흘간의 한국 일정 내내 한정훈의 집에만 머물러 있었다. 덕분에 한정훈과 모모코의 사생활을 독점 보도하겠다던 이스 패치의 노력은 수포로 돌아갔다.

136장

2024(2)

일주일 후.

뉴욕에서 한정훈과 하리모토 모모코의 약혼식이 열렸다.

한국과 일본에서 온 하객을 비롯해 참석자만 1,000명에 육박하는 대규모의 약혼식이었다. 오죽했으면 일부 언론에서 약혼식이 아니라 결혼식이라는 오보가 나갈 정도였다.

"약혼한 소감을 말씀해 주세요."

"평생을 함께할 좋은 여자를 만나서 행복합니다."

"현재 동거 중이라는데 사실입니까?"

"그렇습니다. 양가 부모님의 허락하에 함께 지내고 있습니다."

"자녀 계획은 세우셨습니까?"

"아직이요. 결혼 이후 차차 세워보도록 하겠습니다."

"결혼은 언제쯤 할 예정입니까?"

"내년 시즌 이후로 계획 중에 있습니다."

"내후년이면…… 양키즈와의 계약이 종료되는 시점인데요?"

"그것보다는 모모코가 아직 어리기 때문에 조금 더 여유를 가지려고 하고 있습니다."

한정훈은 모모코의 나이를 고려해 결혼을 서두르지 않겠다는 뜻을 분명히 밝혔다. 하지만 야구 팬들은 한정훈의 발언을 다르게 해석했다.

ㄴ한정훈이 내년 시즌 이후 결혼하는 이유를 아는 사람 있어?

ㄴ그야 당연히 계약 때문이지.

ㄴ맞아, 양키즈와의 계약은 4년째 옵트 아웃이 가능하니까.

ㄴ현명한 선택이야. 다른 지역으로 이사를 가야 할지도 모르는데 집값 비싼 뉴욕에 집을 사는 건 쓸모없는 짓이지.

ㄴ무슨 헛소리야? 양키즈에서 이번에 한정훈을 위해 새로운 집을 마련해 줬는데.

ㄴ양키즈는 한정훈에게 할 만큼 했다고. 한정훈이 계약에 불만을 가질 리 없어.

ㄴ과연 그럴까? 난 한정훈이 상당히 헐값에 양키즈와 계약한 기분이 드는데?

ㄴ나도 마찬가지야. 물론 처음 5년에 3억 5천만 달러라는 계약을 들었을 때 양키즈가 미친 줄 알았어. 하지만 그건 언론이 한정훈을 과소평가했기 때문이야. 실제 한정훈의 가치는 그 이상이라고.

ㄴ지난번에 레드삭스 구단주가 하는 말 못 들었어? 한정훈을 잡을 수만 있다면 10억 달러도 쓸 의향이 있다고 했어. 한정훈의 가치는 그 정도라고!

ㄴ멍청아! 그건 종신 계약을 맺었을 때 이야기지.

ㄴ멍청한 건 너야! 다들 계약 기간을 줄이고 연봉 총액을 낮추려고 하는데 다른 구단도 아니고 레드삭스에서 10억을 불렀다는 게 무슨 의미인지 모르겠어?

ㄴ양키즈, 정신 바짝 차려야 할 거야. 한정훈을 빼앗기지 않으려면.

ㄴ한정훈뿐만이 아냐. 한정훈과 모모코가 결혼하면 하리모토 쇼타와는 처남 매부지간이잖아?

ㄴ그딴 게 무슨 상관인데?

ㄴ서양은 모르겠지만 동양의 사고방식은 좀 다를걸? 게다가 하리모토 쇼타도 한정훈과 함께 뛰는 걸 좋아하니까.

ㄴ좋아! 2년만 참자! 그러면 한정훈-하리모토 쇼타-에두아르 로드리게스로 이어지는 역대 최강의 원투쓰리펀치가 완성된다!

ㄴ레드삭스 놈들 좀 닥치라고! 한정훈은 영원히 핀 스트라이프를 입을 거야!

ㄴ너희들의 그 허접한 타력으론 한정훈의 성에 차지 않을걸?

ㄴ맞아. 내가 한정훈이라도 시원시원하게 점수를 내줄 팀으로 가겠어.

한정훈과 모모코의 약혼식을 주도할 때까지만 해도 오프시즌의 승자는 양키즈였다. 그런데 약혼식 인터뷰 이후 상황이 급변했다. 한정훈의 의도와는 상관없이 한정훈의 잔여 계약이 윈터 미팅의 화두로 떠오른 것이다.

덕분에 고달파진 건 다름 아닌 브라이언 캐시 단장이었다.

"아 글쎄, 안 팔아! 안 판다고!"

–잘 생각해 봐, 브라이언. 한정훈이 2년 후 양키즈 유니폼을 입지 않을 수도 있다고!

"시끄러! 이 망할 자식아!"

–브라이언! 2년, 아니, 3년간 1차 지명권을 주지. 어때?

"닥쳐! 어디 한정훈을 긁지도 않은 복권에 가져다 붙이는 거야?"

–잘 생각해 봐! 셋 중 하나라도 터지면 손해 보는 장사가 아니잖아?

"한정훈은 이미 1등짜리 복권이라고! 그것도 역대 최고액

이야! 그런데 내가 왜 그런 멍청한 거래에 응할 거라고 생각하는 거야?"

–자, 잠깐만 브라이언!

"바쁘니까 끊어! 그리고 전화하지 마!"

브라이언 캐시 단장의 전화기는 쉴 시간이 없었다. LA에서 걸려온 전화에 욕지거리를 퍼부으면 다시 텍사스에서 전화가 걸려왔다.

게다가 한정훈의 몸값을 감당할 수 없을 것 같은 중소 구단조차 찔러보기 식으로 전화질을 해대니 목이 성할 틈이 없었다.

그나마 다행인 건 한정훈이 양키즈가 새로 마련해 준 집을 무척이나 마음에 들어 했다는 점이다. 거기에 모모코에게도 점수를 땄다. 하리모토 쇼타에게도 인근의 고급 저택을 마련해 준 게 통한 것이다.

"정훈, 난 이 집 정말 마음에 들어."

"그래? 다행이네. 지난번 집은 별로 마음에 들어 하지 않았잖아."

"지난번 집도 나쁘진 않았지. 단지 네 집이 너무 좋아서 정이 가지 않았을 뿐이지만."

"이번 집도 내 집보다는 작은데?"

"괜찮아. 너 혼자 살 집도 아니고 모모코와 함께 살 집이니까. 그보다는 내 집이 무척 마음에 든다는 게 중요하지."

"그래서 하고 싶은 말이 뭔데?"

"양키즈에 오래 있자. 난 양키즈도 좋고, 뉴욕도 좋고, 이 집도 좋아. 너와 한 블록에서 사는 것도."

하리모토 쇼타도 뉴욕에서의 생활이 마음에 들었다. 본래 대도시에서의 삶을 꿈꿔왔던 쇼타에게 뉴욕은 극성맞은 언론만 제외한다면 야구 하기 딱 좋은 곳이었다.

"나도 지금 당장 양키즈를 떠날 생각은 없으니까 안심해."

"양키즈가 섭섭지 않은 조건을 제안한다면 남을 거야?"

"그야 당연하지. 새로운 팀에서 적응하는 건 내게도 번거로운 일이라고."

한정훈도 딱히 양키즈를 떠날 생각은 없었다. 계약 기간이 남아 있기도 했지만 지난 2년간 익숙해진 양키즈에서의 삶을 고작 돈 몇 푼 때문에 바꾸고 싶진 않았다.

이 같은 한정훈의 의지가 김상엽 팀장을 통해 박찬영 대표에게 전달됐다. 그러자 박찬영 대표가 기다렸다는 듯이 브라이언 캐시 단장에게 전화를 넣었다.

"단장님, 긴히 드릴 말씀이 있는데요. 통화가 가능하십니까?

—호, 혹시 한정훈의 일입니까? 그렇다면 언제든지 말씀하십시오. 항상 들을 준비가 되어 있습니다.

"한정훈 선수에 관한 이야기도 포함되어 있습니다."

—오오, 제발. 나쁜 소식이 아니라고 말해줘요.

"하하. 걱정하실 소식은 아닙니다. 한정훈 선수는 지금의 양키즈 생활에 만족스러워하고 있으니까요."

—그, 그게 정말입니까?

"제가 단장님께 거짓말을 해서 무슨 이득이 있겠습니까? 아직 계약 기간이 2년이나 남았는데요."

—설마…… 계약이 종료되면 다른 팀으로 이적할 생각입니까?

"그거야 한정훈 선수와 논의할 일이겠지만 글쎄요. 양키즈에서 한정훈 선수를 잡을 의사가 없다면 모를까 굳이 양키즈를 떠날 계획은 없는데요."

—하아, 농담이라도 그 말을 듣고 싶었습니다.

"아, 그렇다고 너무 안심하진 마세요. 요즘 한정훈 선수 때문에 다른 구단들의 전화를 많이 받으신다면서요?"

—그, 그렇습니다만…….

"제게도 단장님만큼 전화가 걸려오고 있다는 건 알아두셨으면 좋겠습니다. 제 말, 무슨 뜻인지 아시죠?"

—무, 물론입니다! 양키즈 최고의 스타인 한정훈 선수를 섭섭하게 만드는 일 따위는 없을 테니 걱정 마세요.

수화기 너머로 들려오는 앓는 소리에 박찬영 대표는 자신도 모르게 입가가 실룩거렸다.

브라이언 캐시 단장이 누구던가. 양키즈의 암흑기 시절에도 굳건히 자리를 지켜온, 메이저리그 최고의 단장이 아니던가.

그런 거물을 상대로 직접 통화를 할 수 있다는 것도 대단한 일인데 본의 아니게 갑질까지 하고 있으니 박찬영 대표는 마치 꿈을 꾸는 듯한 기분에 빠져들었다.

하지만 그렇다고 해서 계속해서 갑질을 할 수는 없는 노릇이었다. 상대도 상대지만 통화의 주된 목적이 한정훈이 아니었기 때문이다.

"이번에 메이저리그에 진출하는 한국 선수가 여럿 있습니다. 혹시 알고 계시는지요?"

–네, 그들 중 이승민과 황철민이 베이스 볼 61과 에이전시 계약을 맺었다는 사실도 알고 있습니다.

"아시고 계시다니 바로 본론으로 넘어가도록 하겠습니다. 그 두 선수에 대해서 단장님과 생산적인 대화를 나누고 싶어서 연락을 드렸습니다."

–아…… 그렇습니까?

입장이 바뀌자 브라이언 캐시 단장도 목소리를 가다듬었다.

한정훈이라는 확실한 성공 사례 덕분일까. 황철민을 비롯해 이승민과 강현승, 박세운 등 무려 6명의 선수가 시즌 종료 후 메이저리그의 문을 두드리고 있었다.

그중 베이스 볼 61 소속 선수는 두 명이었다.

이승민과 황철민. 모두 한정훈과 같은 스톰즈 소속 선수였다.

기대를 모았던 좌완 성진우도 베이스 볼 61과 계약을 맺었지만, 포스팅을 통한 메이저리그 진출을 포기했다. 덕분에 박찬영 대표도 이승민과 황철민에게 집중할 수 있게 됐다.

―포스팅에 대한 양키즈의 입장이 궁금하다면, 일단 두 선수 모두 입찰할 의사는 있습니다.

브라이언 캐시 단장이 원론적인 말을 꺼냈다. 포스팅 관련 템퍼링(사전 접촉)은 메이저리그 사무국에서도 금지하는 일이었다.

한정훈 덕분에 양키즈와 베이스 볼 61의 사이가 돈독하다고 해서 속내를 전부 드러내긴 어려웠다.

물론 박찬영 대표도 비밀리에 협상하자고 말을 꺼낸 건 결코 아니었다. 대신 선수에게도, 구단에게도 그리고 자신에게도 이익이 될 만한 정보를 전해 줄 생각이었다.

"이승민 선수와 황철민 선수는 모두 스톰즈 선수입니다."

―알고 있습니다. 한정훈이 뛰었던 구단이죠.

"네, 한정훈 선수가 메이저리그에 진출하기 전에 소소하게 팬 미팅을 가진 적이 있습니다. 그때 영상을 보신다면, 두 선수의 성향을 파악하는 데 도움이 되실 겁니다."

―그렇습니까? 그 영상은 어디서 구할 수 있습니까?

"스톰즈 구단에 직접 문의해 보셔야 할 겁니다. 참고로 한정훈 선수의 핑계를 댄다면 어렵지 않게 받아보실 수 있을 겁니다."

브라이언 캐시 단장은 날이 밝기가 무섭게 스톰즈 구단에 연락을 취해 문제의 동영상을 확보했다.

구단 홍보팀에서 대외비로 촬영한 해당 팬 미팅의 촬영 시간은 60분 정도였다. 길지 않은 분량이었지만 포스팅 일정을 감안했을 때 최대한 빨리 분석해서 정리할 필요가 있었다.

"한국어가 가능한 직원은 전부 투입해!"

브라이언 캐시 단장의 지시에 동영상은 나흘 만에 완벽하게 분석, 정리되었다. 그리고 그 내용을 담은 두툼한 보고서가 브라이언 캐시 단장의 책상 위에 올랐다.

"흠……."

브라이언 캐시 단장은 천천히 보고서를 읽었다. 바쁠 때면 서론 떼고 본론부터 읽는 그였지만 혹시라도 놓치는 게 있을까 봐 시답잖은 사회자의 멘트까지 빼놓지 않고 두 번, 세 번 반복해서 읽었다.

그렇게 보고서의 절반쯤 읽어 내릴 무렵.

"……!"

브라이언 캐시 단장의 눈이 번쩍 뜨였다.

박찬영 대표가 말해주고 싶었던 대목을 드디어 찾아낸 것이다.

사회자 : 한정훈 선수가 메이저리그로 떠나는 만큼 이제 우리 속에 있었던 말을 좀 들어봅시다. 이승민 선수.

이승민 : 왜 또 저부터입니까?

사회자 : 곤란한 질문을 할 거라는 걸 눈치챘나요?

이승민 : 뻔하잖아요. 속에 있었던 말을 하라는데.

사회자 : 하하. 그렇다고 제가 한정훈 선수와 이승민 선수를 이간질하려는 건 아니니까 걱정하지 마시고요. 질문 하나 할게요. 한정훈 선수와 같은 팀에 있는 거, 솔직히 부담스럽지 않았나요?

이승민 : (한정훈 쪽을 힐끔 바라본 뒤) 솔직히 대답해야 하나요?

사회자 : 마지막이잖아요. 편하게 말씀하세요.

한정훈 : 그래, 형. 편하게 이야기해. 나 뒤끝 있는 남자잖아.

–생각보다 많은 팬이 웃지는 않았다.

이승민 : (잠시 고민하더니) 솔직히 부담스럽죠, 같은 투수로서. 저 녀석은 괴물이니까요.

사회자 : 역시, 솔직한 이승민 선수다운 답변이네요.

이승민 : 까놓고 말해서 투수라면 다 정훈이 부담스러워할걸요? 야구 잘해, 사생활 깨끗해, 그렇다고 성격이 개판인 것도 아니고. 딱히 흠잡을 데가 없어요. 그러니 질투하기도 어렵고 나이 어리다고 괴롭히는 건 더더욱 불가능하고.

사회자 : 혹시 동부 리그로 갔으면 하는 마음도 들었겠네요?

이승민 : 솔직히 없었다면 거짓말이겠죠? 정훈이가 워낙 다 해 먹으니…… 진짜 서부 리그 투수로 사는 거 너무 힘들어요.

사회자 : 그럼 항간에 떠도는, 이승민 선수가 세이브 타이틀 때문에 선발 전환을 거부한다는 이야기가 사실이었던가요?

이승민 : 크흠, 그건 노코멘트 하겠습니다.

사회자 : 네, 여기까지 솔직한 이승민 선수의 대답이었습니다. 황철민 선수는 어때요? 이승민 선수와 같은 생각인가요?

황철민 : 글쎄요. 저는 오히려 정훈이와 함께 있어서 좋았는데요.

사회자 : 아무래도 타자니까 좀 생각이 다른 것 같은데요?

황철민 : 그럴지도 모르죠. 저는 정훈이와 타이틀 경쟁을 하는 처지는 아니니까요. 직접 비교되는 부분도 적고. 하지만 그렇다고 해서 마음이 편하다거나 그런 건 없어요. 솔직히 정훈이는 투수가 아니라 타자를 했어도 대한민국을 씹어 먹었을 녀석이니까요.

사회자 : 한정훈 선수, 손으로는 아니라고 하는데 히죽히죽 웃는데요?

한정훈 : 안 웃었는데요?

사회자 : 네, 웃어놓고 웃지 않았다고 하는 한정훈 선수와의 진실 토크는 조금 있다가 하기로 하고요. 황철민 선수, 마저 이야기해 주세요.

황철민 : 음…… 할 이야기는 다 한 거 같은데요?

사회자 : 그렇다면 황철민 선수는 동부 리그에서 뛰고 싶었던 마음이 없었나요?

황철민 : 전혀요. 전 저 녀석 때문에 멘붕에 빠지고 싶지 않거든요.

사회자 : 아, 한정훈 선수를 상대하기 싫으니 한정훈 선수와 같은 팀에서 뛰겠다?

황철민 : 네, 가능하면 그럴 생각입니다. 운이 좋아서 제게도 메이저리그의 길이 열린다면 그때도 정훈이가 있는 팀으로 들어가려고요.

"이거였군, 이거였어."

브라이언 캐시 단장이 씩 웃었다. 정말 별것 아닌, 비공개 팬 미팅에서 가볍게 주고받은 사담에 불과했지만, 이 자체만으로도 이승민과 황철민 중 누구를 노려야 할지 답이 나와버렸다.

스카우터들은 황철민보다는 이승민을 영입하는 게 양키즈에 더 도움이 될 거라고 말했다.

이승민이 데뷔 초반 한국에서 마무리투수로 뛰어왔던 만큼 양키즈의 불펜에 어느 정도 힘을 보태줄 것이라고 판단한 것이다.

물론 이승민은 선발로 뛸 수 있는 팀을 원했다. 하지만 고작 2년여의 선발 경력으로 메이저리그 선발진의 한 축을 담당하기란 쉽지 않았다. 오히려 지금 이승민에게 관심을 갖는 구단들은 선발 경력보다는 마무리투수로서의 경력을 더 높게 평가했다.

게다가 한정훈과 절친인 것으로 알려졌다. 한정훈과 양키즈의 계약이 만료되었을 때 이승민을 앞세운다면 한정훈 쟁탈전에서 승기를 잡을 수 있다는 게 이승민 포스팅에 관심을 보이는 메이저리그 구단들의 공통된 생각이었다.

같은 이유로 브라이언 캐시 단장도 이승민에게 관심을 보였다. 이승민에 대한 기대치는 크지 않았지만 같은 한국인으로서 한정훈의 정서적인 안정에 도움을 준다면 그것만으로도 가치는 충분하다고 생각했다.

그런데 정작 이승민은 한정훈과 같은 구단에서 뛰는 걸 부담스럽다고 말했다. 1,000만 달러라는 포스팅 비용 상한액을 지불하더라도 이승민이 양키즈에 올 가능성은 낮은 셈이었다.

반면 2순위로 여겼던 황철민은 달랐다. 본인 스스로가 하리모토 쇼타처럼 한정훈과 같은 팀에서 뛰는 걸 희망하고 있었다.

"황철민의 외야 수비 능력은 어때?"

"지난 프리미어 12 때 봤습니다만 평범한 수준이었습니다."

"외야 수비를 병행한 지 얼마나 됐다고 했지?"

"이제 2년쯤 됐습니다. 구단에서 외국인 용병으로 1루수를 데려오면서 황철민이 외야와 지명타자를 번갈아 가며 뛰었습니다."

"그렇다면 수비 범위는 평범할 테고. 주력은 좋나?"

"나쁘지 않은 편입니다. 본인 스스로도 외야 수비의 필요성을 느껴서인지 타구 판단 능력도 괜찮습니다."

"흠…… 냉정하게 따졌을 때 타격 능력이 수비력 부족을 만회할 정도인가?"

"황철민은 지난 4년간 한국 내 최고의 타자 중 한 명이었습니다. 이번 프리미어 12에서도 5개의 홈런을 때려냈고요."

"통산 타율은?"

"3할 2푼 6리입니다. 선구안이 조금 부족하긴 하지만 패스트볼에 대한 대응 능력이 좋아서 메이저리그에 적응할 가능성은 커 보입니다."

"그러니까 더스티 애클리의 대체 자원이 될 가능성이 크단 말이지?"

"그렇습니다. 그리고 제 개인적인 의견을 덧붙이자면 한정훈이라는 괴물이 없었다면 황철민이 아마 한국인 최고의 메이저리거로 활약했을 거라고 생각합니다."

"좋아, 그렇다면 황철민을 잡아보자고."

브라이언 캐시 단장이 어렵지 않게 결론을 내렸다. 이승민을 포기하는 대신 황철민 잡기에 전력을 다하기로 한 것이다.

물론 소문은 반대로 냈다. 양키즈가 눈독 들이는 건 이승민이라며 황철민에 관한 포스팅은 하지 않을 것처럼 굴었다.

그런 양키즈의 전략이 통한 듯 먼저 포스팅을 신청한 황철민에게 관심을 보인 구단은 7구단에 불과했다.

빅마켓 구단은 레인저스와 다저스, 양키즈뿐. 언론은 추신우의 대체자로 황철민을 점찍은 레인저스가 가장 앞섰다고 여겼다.

하지만 뚜껑을 열어보자 전혀 다른 결과가 나왔다.

레인저스 입찰액 890만 달러.

다저스 입찰액 889만 달러.

양키즈 입찰액 1,000만 달러.

당초 800만 달러 선에서 입찰을 하며 추이를 살필 것이라 예상됐던 양키즈가 단독 입찰에 성공한 것이다.

"솔직히 상한액이 나올 것이라고는 예상하지 못했습니다. 그래도 그 구단이 양키즈라서 기분이 좋습니다. 한정훈 선수와 다시 한 팀에서 야구를 하고 싶었거든요."

양키즈가 황철민을 데려가면서 다른 구단들은 이승민 잡기에 혈안이 됐다. 황철민에 이어 이승민까지 핀 스트라이프를 입을 경우 한정훈이 양키즈와 재계약할 가능성이 크다고 판단한 것이다.

"우리는 아직 만족하지 않았습니다."

브라이언 캐시 단장은 언론을 통해 이승민까지 손에 넣겠다는 뜻을 분명하게 했다. 그리고 실제로 1,000만 달러라는 상한액을 써서 다저스, 레드삭스, 레인저스, 매츠와 경쟁에 돌입했다.

그러나 실질 협상에서 양키즈는 기대만큼의 연봉을 제안하지 않았다. 게다가 이승민도 양키즈에 갈 생각이 없었다. 한정훈과는 달리 고등학교 시절 타격에도 소질을 보였던 터라 아메리칸리그보다는 내셔널리그 쪽이 더 끌렸다.

양키즈가 빠진 최종전의 승자는 다저스였다.

5년 총액 6,000만 달러.

이승민의 적정 몸값으로 여겨졌던 연평균 600만 달러보다 두 배나 더 많은 금액이었다.

"이승민 선수를 영입할 수 있어서 대단히 기쁩니다."

생각보다 많은 지출 때문인지 입단식에서 앤디 프리드먼 사장의 표정은 썩 밝지 않았다. 하지만 이승민에게는 손해 보는 장사가 아니었다.

제아무리 다저스라 하더라도 연평균 1,200만 달러의 선수를 불펜으로 쓸 수는 없는 노릇이었다.

어떻게든 이승민이 메이저리그에 적응할 수 있도록 도운 뒤 선발의 한 자리를 맡기려 할 터. 그만큼 이승민에게도 충분한 기회가 주어질 것이었다.

단독 입찰에 성공한 양키즈는 황철민과 4년 3,500만 달러에 사인했다. 옵트 아웃은 3년째 선수와 구단 모두가 갖기로 했다.

이승민과 다저스가 맺은 계약에 비하면 적절한 금액이었지만 뉴욕 언론들은 불만을 쏟아냈다. 검증되지 않은 아시아의 거포에게 연평균 900만 달러의 연봉을 주는 건 미친 짓이라고 꼬집었다.

그러나 그 논란이 사그라지기까지는 그리 오랜 시간이 걸리지 않았다.

[양키즈 루키 황철민, 한정훈 커플과 함께 식사를 즐겨.]

[한정훈, 황철민의 거처가 마련될 때까지 함께 생활하겠다고 밝혀.]

[황철민, 절친한 한정훈과 함께라면 메이저리그 적응 문제없어!]

[프리미어 12 홈런왕 황철민. 대표팀에서는 한정훈과 같은 방을 사용해.]

한정훈과 황철민이 알려진 것 이상으로 친하다는 사실이 전해지자 양키즈 팬들은 황철민의 입단을 열렬히 환영했다.

뉴욕 언론도 재빨리 입장을 바꿨다. 황철민에 대한 우려는 루키에 대한 일반적인 걱정이었을 뿐이라고 선을 그었다. 그러면서 양키즈가 황철민과 좋은 계약을 한 것 같다고 정정했다.

덕분에 황철민은 큰 스트레스 없이 시범 경기를 치렀다. 그리고 시범 경기에서도 만만찮은 장타력을 뽐내며 25인 로스터에 합류하는 데 성공했다.

황철민이 공격은 물론이고 수비에서도 기대 이상의 활약을 펼치자 조지 지라디 감독은 더스티 애클리를 대신해 황철민을 7번 타자로 개막전에 선발 출전시켰다.

그 점에 대해 더스티 애클리도 불만을 표현하지 않았다. 시범 경기에서 황철민이 때려낸 홈런은 무려 8개였다. 반면 더스티 애클리가 담장을 넘긴 건 3번에 불과했다.

"황철민은 젊고 좋은 타자입니다. 한정훈과 친하다는 것 이상으로 팀에게 도움을 줄 수 있을 거라 생각합니다."

주장으로 선임된 그린 버드도 황철민을 옹호했다. 7번 타순에 배치되어 있지만, 황철민을 무시했다간 큰코다칠 거란 말도 덧붙였다.

그리고 그 기대에 부응하듯 황철민은 세 번째 타석에서 큼지막한 2루타를 때려내며 메이저리그 첫 안타를 신고했다.

이후 8경기 연속 무안타에 빠지며 슬럼프를 겪기도 했지만 더스티 애클리와의 플래툰 시스템에 잘 적응해 나가더니 전반기가 끝날 무렵에는 카일 스위버를 밀어내고 6번 타순으로 올라섰다.

0.275 / 0.360 / 0.494
OPS 0.854 19홈런 61타점

전반기 아메리칸리그 신인왕 경쟁에서 3위에 랭크가 될 정도로 황철민의 활약은 쏠쏠했다. 메이저리그 데뷔 첫해인 걸 감안하면 만점을 줘도 아깝지 않을 성적표였다.

양키즈 언론도 황철민이 전반기에 A등급의 활약을 펼쳤다고 말했다. 그러나 황철민은 과분한 평가라며 고개를 흔들었다.

"정훈이가 A+인데 제가 어떻게 A가 될 수 있겠어요?"

해가 바뀌었지만 양키즈는 이번 시즌에도 아메리칸리그 동부 지구 1위를 달리고 있었다. 덕분에 양키즈 선수들에 대한 언론의 평가는 후한 편이었다.

ESPM의 전반기 평가에서 A+등급을 받은 선수는 메이저리그를 통틀어 50명밖에 되지 않았다. 투타를 합쳐 한 팀당 고작 1.67명꼴에 불과했다. 성적이 나쁜 팀은 A+등급을 받은 선수가 없을 정도였다.

그런데 양키즈에만 A+등급의 선수가 5명이나 포함되어 있었다.

전반기 14승을 거두며 2선발 자리를 굳건히 지킨 하리모토 쇼타.

팀의 4번 타자로서 32개의 홈런포를 때려낸 그린 버드.

홈런 31개로 홈런 선두 그린 버드를 맹추격하는 제이크 햄튼.

2년 차 마무리투수로 맹활약 중인 라몬 에르난데스.

그리고 변함없이 만점 활약을 펼쳐 주고 있는 한정훈까지.

선발과 중심 타자, 마무리로 이어지는 선수들의 고른 활약에 언론들은 벌써부터 양키즈의 월드 시리즈 2연패를 점치고 있었다.

상황이 이렇다 보니 다른 선수들도 평가에 가산점을 받았다. A등급을 받은 선수만 황철민을 포함해 8명이나 됐다. 심지어 B등급 이하의 선수는 단 한 명도 없었다.

전문가들조차 양키즈에 대해서는 도무지 약점이 보이지 않는 팀이라고 말할 정도였다.

"이 페이스대로라면 한정훈은 올 시즌 30승을 달성할 가능성이 큽니다."

"솔직히 한정훈에게 승수는 무의미합니다. 앞선 두 시즌 때도 팀 전력만 좋았다면 더 많은 승리를 챙겼을 테니까요."

"아직 후반기가 남아 있지만, 한정훈의 사이영상 3연패는 당연해 보입니다. 문제는 MVP겠죠."

"한정훈의 올 시즌 성적만 놓고 보자면 MVP 2연패도 당연해 보이는데요?"

"물론 성적만 놓고 보자면 그렇습니다만 양키즈에 MVP 후보가 너무 많다는 게 문제입니다."

"MVP 투표 전에 후보군이 정리되어야겠지요. 양키즈가 한정훈만의 원맨 팀은 아니지만, 한정훈이 차지하는 비중은 절대적이니까요. 한정훈이 팀에 헌신하는 만큼 다른 동료들도 한정훈을 존중해 줄 필요가 있어 보입니다."

"진짜 외계인이라 불리는 한정훈을 배제하더라도 양키즈의 올 시즌 전력은 가공할 만합니다."

"저는 개인적으로 테너 제이슨의 성장을 칭찬해 주고 싶습니다. 한정훈과 하리모토 쇼타의 뒤를 든든히 받쳐 주면서 3선발로 맹활약 중이니까요."

"5선발 그렉 나이트도 작년보다는 나은 모습을 보여주고 있습니다. 다나카 마스히로가 아쉽긴 하지만 노련한 투수니까요. 어떻게든 제 몫은 충분히 해줄 거라 기대합니다."

“타선에서는 황철민 선수의 활약이 고무적입니다. 솔직히 이 정도로 좋은 성적을 내줄 거라 기대하진 않았거든요. 과장을 조금 보태자면 붙박이 선발로 출전했다면 그린 버드, 제이크 햄튼과 홈런왕 경쟁을 하고 있을지도 모릅니다.”

“저 역시 황철민이 마음에 듭니다. 그리고 대타로 꾸준히 활약하고 있는 더스티 애틀리에게도 박수를 보내주고 싶습니다.”

“중심 타선의 파괴력은 양키즈가 아메리칸리그 최고일 겁니다. 테이블 세터 쪽이 조금 아쉽긴 합니다만 모든 게 완벽할 수는 없으니까요.”

“작년처럼 타자들이 집단 슬럼프에 빠지거나 재작년처럼 불펜진이 과부하에 걸려 무너지지 않는 한 올 시즌 양키즈의 100승 달성은 무난해 보입니다.”

전반기 95경기를 치른 현재 양키즈의 성적은 65승 30패. 승률은 0.684였다.

수치대로라면 시즌 100승은 물론이고 110승 달성도 가능했다. 다만 지난 시즌처럼 타격 침체가 언제 찾아올지 모른다는 게 변수로 지적됐다.

그러나 양키즈는 7월은 물론이고 8월에도 연속 위닝 시리즈를 가져가며 승률을 유지했다. 덕분에 동부 지구 1위 경쟁은 일찌감치 양키즈의 승리로 끝이 나버렸다.

양키즈의 지나친 독주 덕분에 동부 지구 라이벌 팀들의 성적은 예년만 못했다.

아메리칸리그 동부 지구 순위(2024년 8월 31일)

1. 양키즈 94승 42패 0.691
2. 블루제이스 74승 62패 0.544 / 20.0
3. 레드삭스 73승 63패 0.537 / 21.0
4. 오리올스 69승 67패 0.507 / 25.0
5. 레이스 58승 78패 0.426 / 36.0

아메리칸리그 동부 지구 순위표에서 가장 놀라운 변화를 꼽자면 다름 아닌 레드삭스의 몰락이었다.

여전히 5할이 넘는 승률을 유지하고 있긴 하지만 예년의 강인함을 찾아볼 수조차 없을 정도였다.

가장 큰 이유는 투수진의 붕괴였다. 에이스인 에두아르 로드리게스가 시즌 초반 팔꿈치 부상으로 아웃 되고 2선발 데이브 프라이스마저 부진의 늪에 빠져들면서 원투펀치 없이 한 시즌을 치르게 된 것이다.

덕분에 로이 윌슨과 대런 모렐라라는 미래의 영건들을 키우긴 했지만 에두아르 로드리게스의 부상 회복이 더딜 경우 올해는 물론이고 내년 시즌 포스트시즌 진출을 장담하기 어려운 상태였다.

레드삭스가 자멸하면서 블루제이스는 오랜만에 지구 2위로 뛰어올랐다. 하지만 거기까지였다. 0.544의 승률로는 와일드카드조차 확보하기 어려웠다.

아메리칸리그 와일드카드 순위(2024년 8월 31일)

1. 화이트삭스 82승 54패 0.603
2. 로열스 80승 56패 0.588 / 2.0
3. 매리너스 79승 56패 0.585 / 2.5
4. 애스트로스 77승 58패 0.570 / 4.5
5. 블루제이스 74승 62패 0.544 / 8.0
6. 레드삭스 73승 63패 0.537 / 9.0

아메리칸리그 동부 지구 1위는 레인저스의 몫이었다.

86승 49패, 승률 0.637로 지구 2위인 매리너스를 7경기 차이로 따돌리고 있었다.

아직 27경기가 남아 있지만, 전문가들은 이변이 없는 한 레인저스가 디비전시리즈에 안착할 것이라고 예상했다.

아울러 양키즈 대 레인저스 간의 챔피언십 시리즈 리턴 매치도 충분히 가능하다고 전망했다.

반면 아메리칸리그 중부 지구는 대접전이었다.

1위인 타이거즈가 84승 52패(0.618)로 화이트삭스에 2경기 차 앞서고 있지만 최근 경기력은 화이트삭스가 우세한 상황이었다.

게다가 9월에 양 팀 간의 맞대결만 7경기가 남아 있었다. 그 경기 결과에 따라 중부 지구 1위가 달라질 가능성은 충분했다.

양키즈 팬들은 내심 레인저스보다는 타이거즈나 화이트삭스 같은 아메리칸리그 중부 지구 팀이 챔피언십 시리즈에 올라오길 바랐다.

ㄴ레인저스는 질려. 게다가 텍사스 원정은 끔찍하다고.

ㄴ맞아. 이상하게 텍사스만 가면 타자들 컨디션이 떨어지는 것 같아.

ㄴ시카고가 최선이라고 봐. 디트로이트는 좀 위험한 동네고.

ㄴ그럼 화이트삭스가 1위를 하길 응원해야 하는 건가?

ㄴ그렇지. 솔직히 타이거즈가 지구 우승을 하면 레인저스에게 깨질걸?

ㄴ걱정하지 마. 타이거지 요즘 분위기라면 와일드카드도 장담 못 할 테니까.

ㄴ솔직히 가장 좋은 시나리오는 타이거즈와 로열즈가 와

일드카드 결정전을 치르는 거지. 그리고 로열즈가 올라오는 거야. 그렇게 되면 3 대 0, 혹은 3 대 1로 로열즈를 잡고 여유롭게 챔피언십 시리즈를 준비할 수 있다고.

ㄴ오, 괜찮은데? 그다음은?

ㄴ화이트삭스가 레인저스하고 맞붙는다면 최소 4차전 이상은 가겠지. 뚜껑은 열어봐야겠지만, 투타 전력이 안정적인 화이트삭스가 조금 더 유리하지 않겠어?

ㄴ그렇게 화이트삭스가 챔피언십 시리즈에 올라온다면 우리에게 승산은 있는 거야?

ㄴ너 어디 팬이냐? 한정훈이 있는데 지금 승산이 있냐고 물어보는 거야?

ㄴ화이트삭스 정도는 한정훈 빼고 싸워도 이길 수 있어. 하리모토 쇼타라면 양키즈 말고 어느 팀에 가더라도 1선발급이니까.

ㄴ화이트삭스를 너무 무시하는 거 아냐?

ㄴ보아하니 화이트삭스 팬 하나가 분탕질을 치려나 본데 레드삭스 팬인 내가 봐도 틀린 말 하나 없는데? 한정훈이 1차전과 5차전에 나와 줘도 화이트삭스는 양키즈 못 이겨. 2, 3, 4차전을 전부 잡고 버텨야 하는데, 가능하겠어?

ㄴ너희들 무슨 쓸데없는 말을 그렇게 하는 거야? 우리가 걱정해야 할 건 누가 내셔널리그 챔피언이 되느냐야. 올스타

전에서 역전패해서 이번 월드 시리즈는 내셔널리그에서 먼저 시작한다고!

전반기 종료 후 열린 올스타전에서 아메리칸리그는 내셔널리그에게 8 대 7, 한 점 차 패배를 당했다.

한정훈과 하리모토 쇼타 등 양키즈 투수들을 최대한 아낀 조지 지라디 감독의 용병술 때문에 9회에 점수가 뒤집혀 버린 것이다.

물론 일부 아메리칸리그 선수들의 태업도 한몫 거들었다. 대놓고 불성실한 플레이를 하진 않았지만 어떻게든 연패에서 벗어나려는 내셔널리그 선수들에 비해 절실함이 부족했던 건 사실이었다.

그 결과 2024년 월드 시리즈 1차전은 내셔널리그 챔피언십 우승팀의 홈구장에서 치러지게 됐다.

양키즈가 예상대로 챔피언십 우승을 차지한다 해도 허락된 홈경기는 3차전부터 5차전까지 단 3경기뿐이었다.

그 점에 대해 상당수 양키즈 팬은 불만을 감추지 못했다.

하지만 전문가들은 내셔널리그에서 어떤 팀이 올라오더라도 양키즈 스타디움에서 양키즈가 우승 축배를 들 가능성이 크다고 예상했다.

"한정훈이 내셔널리그 원정 1차전에 등판하는 편이 여러모로 낫습니다. 홈에서 1차전을 치르고 익숙지 않은 내셔널리그 원정 경기를 치르는 것보다는 체력적인 부담이 덜할 겁니다."

"여전히 소극적인 타격 자세를 유지하고 있긴 하지만 올 시즌 한정훈의 타격 성적은 작년에 비해 훨씬 좋아졌습니다."

"그야 작년에 워낙 형편없었으니까요."

"그렇기도 하지만 일단 팀을 위해 작전을 수행하려고 노력하는 점이 인상적이었습니다."

"거기에 운이 따르긴 했지만 2개의 안타도 때려냈고요."

"하리모토 쇼타는 아메리칸리그 최고의 2선발이고 테너 제이슨은 2선발 부럽지 않은 3선발입니다. 현재 내셔널리그 챔피언으로 거론되는 팀 중 이들과 맞서서 승리를 자신할 만한 구단은 없습니다."

"내셔널리그 챔피언은 아마 올스타전에서 승리한 걸 두고두고 후회할지도 모르겠습니다."

언론의 장밋빛 예찬을 즐기며 조지 지라디 감독은 9월부터 한정훈을 비롯한 주전 선수들의 체력 관리에 들어갔다.

블루제이스와는 20경기 차이로 벌어진 상태였다. 양키즈가 7경기만 잡아내면 남은 19경기를 전패한다 하더라도 블루제이스를 따돌리고 지구 1위를 확정 지을 수 있었다.

덕분에 한정훈과 하리모토 쇼타는 9월 첫 주의 원정 경기 등판에서 제외됐다. 그들의 빈자리는 40인 로스터로 합류한 신인 투수들이 대신했다.

"이러다 블루제이스에게 따라잡히는 건 아니겠지?"

"재수 없는 소리 그만하고 맘 편히 즐겨. 앞으로 한 경기만 더 이기면 20승인데 뭘 그렇게 초조하게 굴어?"

"30승까지 단 2승만 남겨둔 네 녀석이 할 말은 아닌 거 같은데?"

"그냥 즐기라고. 좋잖아? 모처럼 쉬는 거."

한정훈과 하리모토 쇼타는 한 주를 푹 쉰 뒤 다시 로테이션에 복귀했다. 그리고 테너 제이슨과 다나카 마스히로가 휴식에 들어갔다.

선발투수들의 휴식이 끝나자 그다음은 불펜 투수들의 휴식이 이어졌다. 타자 중에도 타이틀 경쟁에서 제외된 주전 타자들은 최소 일주일의 휴식이 보장됐다.

그렇게 9월이 빠르게 지났다. 그리고 양키즈는 106승 56패, 승률 0.654라는 어마어마한 성적을 거두고 아메리칸리그 동부 지구 1위로 포스트시즌에 진출했다.

137장

2024(3)

팬들과 전문가들의 예상대로 타이거즈는 막판 15경기를 남겨둔 상황에서 화이트삭스에게 지구 선두 자리를 내주었다.

그러고도 끝없이 추락하다 매리너스와 함께 와일드카드 공동 2위로 포스트시즌에 턱걸이 하게 됐다.

와일드카드 2위 자리를 놓고 펼쳐진 타이브레이크 결정전에서 타이거즈는 매리너스를 5 대 4, 한 점 차로 따돌리고 승리를 차지했다.

애당초 경기가 타이거즈의 홈경기로 치러질 때부터 타이거즈가 조금 더 유리한 분위기였다.

양 팀 간 맞대결에서 3승 3패 동률을 이루고도 같은 지구 팀들 간의 승률에 밀려(그것도 고작 1승 차이) 원정 경기로 밀려난 매리너스에게는 지옥 같은 원정길이 기다리고 있었다.

그래도 매리너스는 끝까지 포기하지 않았다. 에이스 카드인 타이언 워커를 등판시켜 타이거즈의 막강한 화력을 어느 정도 잠재우는 데 성공했다.

하지만 지구 1위를 달리다가 와일드카드 타이브레이크 결정전까지 떨어지면서 팬들의 비난에 시달리고 있던 타이거즈 선수들의 절박함까지는 어찌하질 못했다.

결국 에이스 대런 노리스의 7이닝 2실점 호투와 4번 타자 GD 마르티네즈의 결승 홈런에 힘입어 타이거즈는 와일드카드 2위 자리를 확보하고 곧바로 캔자스시티로 날아갔다.

그리고 로열스의 에이스 요다 벤츄라를 두들겨 3회 만에 강판시키며 디비전시리즈 진출 가능성을 드높였다.

하지만 타이거즈의 기적은 거기까지였다. 잘 던지던 선발 브루스 런던이 4회 초에 무너지면서 승부의 추가 로열스 쪽으로 기울어버린 것이다.

쉬지 않고 이어진 난타전 끝에 로열스는 13 대 11, 두 점 차이로 타이거즈를 따돌리고 디비전시리즈에 진출하게 됐다.

하지만 로열스 선수들은 물론이고 팬들의 표정은 어둡기만 했다. 포스트시즌 첫 경기부터 너무나 많은 약점이 노출

되어 버렸기 때문이다.

게다가 디비전시리즈 상대는 양키즈였다. 한정훈은 말할 필요조차 없고 하리모토 쇼타와 테너 제이슨까지 메이저리그 최강의 선발진을 구축하고 있는 팀이었다.

"로열스에게는 미안한 이야기지만 와일드카드 결정전으로 떨어진 순간부터 운명은 정해진 거나 다름없었습니다."

"최악의 경우 로열스는 한정훈과 하리모토 쇼타를 2번씩 만나게 될 겁니다. 그리고 나머지 한 번은 테너 제이슨을 만나겠죠. 이 험난한 일정 속에서 로열스가 3승을 챙기고 챔피언십 시리즈에 진출할 가능성은 솔직히 없어 보입니다."

"자, 로열스가 챔피언십 시리즈에 올라갈 방법을 생각해 봅시다. 일단 한정훈이 등판할 두 경기는 빼요. 만에 하나의 가능성? 일단 상식선에서 생각해 보자고요. 남은 3경기 중 로열스는 단 한 경기도 패배해서는 안 됩니다. 하리모토 쇼타가 나오든, 테너 제이슨이 나오든, 다나카 마스히로가 나오든 간에 무조건 이겨야 해요. 홈, 원정 구분 없이요. 이게 가능하면, 로열스가 이번 디비전시리즈의 승자가 될 겁니다. 제아무리 한정훈이라 해도 2경기 이상은 못 나올 테니까요."

전문가들의 비관적인 전망 속에서도 로열스 팬들은 애써 희망을 가졌다.

양키즈의 선발진과 비교하긴 어려웠지만, 로열스도 선발

야구를 하는 팀이었다. 양 팀 타선의 무게감은 얼추 비슷한 만큼 수비적인 야구를 펼친다면 기적을 만드는 것도 가능할 거라고 생각했다.

하지만 그 기대감은 디비전시리즈 1차전에서 완전히 박살이 나버렸다.

—아, 큽니다! 또다시 넘어갑니다!

—황철민! 오늘만 벌써 두 개의 홈런포를 쏘아 올립니다!

—너무 정직했어요. 황철민을 무시하고 포심 패스트볼로만 승부를 한 게 화근이었습니다.

—황철민이 당당하게 베이스를 돌아 홈으로 들어옵니다. 11 대 0. 오늘 경기를 로열스가 뒤집긴 어려울 것 같습니다.

초반부터 터진 양키즈 타선 덕분에 한정훈은 고작 6이닝을 채우고 마운드에서 내려와야 했다.

투구 수는 고작 71구. 피안타와 사사구 없이 삼진만 13개를 잡아내며 로열스 타선을 압사시켰다.

한정훈에 이어 등판한 불펜진이 3이닝을 무실점으로 틀어막고 승리를 지켰다. 반면 양키즈 타자들은 이닝마다 득점권에 나간 주자를 홈으로 불러들이며 점수 차이를 벌려 나갔다.

최종 스코어 16 대 0.

한정훈이 등판했다는 사실조차 잊어버릴 정도로 압도적인 경기였다.

이 분위기는 2차전까지 이어졌다. 선발 하리모토 쇼타가 6이닝 6피안타 1실점으로 호투한 가운데 타자들이 골고루 안타를 뽑아내며 11 대 3, 두 경기 연속 대승을 거두었다.

시리즈 스코어 2패로 벼랑 끝에 몰린 로열스는 홈으로 장소를 옮겨 반격에 나섰다. 선발 테너 제이슨을 상대로 4점을 뽑아내는 데 성공한 것이다.

원정 경기에 상대적으로 약한 모습을 보이는 테너 제이슨이 초반에 흔들리면서 로열스에게 첫 승의 기회가 찾아왔다.

반면 양키즈 타자들은 로열스 선발 요다 벤츄라를 공략하지 못하고 침묵했다. 최고 99mile/h의 포심 패스트볼과 98mile/h의 투심 패스트볼을 섞어 던지는 요다 벤츄라의 공격적인 피칭에 휘말린 것이다.

4 대 2, 두 점 차 승리를 거둔 로열스 선수들은 시리즈를 4차전으로 끌고 갔다.

양키즈의 4차전 선발은 다나카 마스히로. 1, 2차전 승리 이후 조지 지라디 감독이 선발 로테이션에 변화를 주면서 4선발인 다나카 마스히로에게까지 기회가 찾아왔다.

캔자스시티 언론은 다나카 마스히로라면 충분히 해볼 만

하다고 떠들어 댔다. 전성기가 지난 다나카 마스히로를 잡아내고 그 기세로 한정훈을 물고 늘어진다면 리버스 스윕의 기적이 일어날지도 모른다며 기대감을 부풀렸다.

그러나 정작 경기는 양키즈의 7 대 1, 완승으로 끝이 났다. 로열스와의 4차전에 맞춰 컨디션을 조절해 왔던 다나카 마스히로가 모처럼 호투를 선보인 결과였다.

[양키즈 디비전시리즈 4차전 승리! 챔피언십 시리즈 선착!]

[레인저스와 화이트삭스 팬들, 양키즈 승리 소식에 절망할 것.]

디비전시리즈를 3승 1패로 마무리하고 챔피언십 시리즈에 오른 양키즈는 여유롭게 자신들의 파트너를 기다렸다. 그리고 얼마 지나지 않아 화이트삭스의 승리 소식이 전해졌다.

양키즈 팬들은 환호했다.

ㄴ예스! 예스! 시카고다!

ㄴ오, 지저스! 감사합니다. 진짜 텍사스는 너무 끔찍했다고요.

ㄴ화이트삭스도 대단해. 텍사스 원정 5차전에서 승리를 따내다니!

ㄴ로인 벤츄라 감독의 용병술이 돋보이는 경기였다고!

ㄴ역시 로인 벤츄라 감독이야! 내가 이래서 로인 벤츄라 감독을 좋아한다니까?

레인저스와의 디비전시리즈에서 보여준 화이트삭스의 전력은 끈끈했다. 투타 밸런스만큼은 최고라는 평가를 받는 팀답게 매 경기 손에 땀을 쥐게 하는 명승부를 펼쳤다.

하지만 양키즈 팬 중 누구도 화이트삭스의 상승세를 걱정하지 않았다. 아울러 화이트삭스 팬들 역시 양키즈를 상대로 승리를 장담하지 못했다.

ㄴ후우, 겨우겨우 레인저스를 이겼더니 이제 양키즈네.

ㄴ젠장. 이번 챔피언십 시리즈는 틀렸어. 선발 로테이션이 완전히 꼬여 버렸다고.

ㄴ선발 로테이션을 지켰어도 양키즈를 상대로는 힘들었다고.

ㄴ기운 빠지는 소리 하지 마. 그렇게 따지면 양키즈를 상대로 유리한 팀은 하나도 없다고.

화이트삭스 로인 벤츄라 감독은 홈에서 열린 4차전에서 에이스 카를로 론돈을 다시 마운드에 올렸다. 본래 4선발인 제이크 터너를 내세울 생각이었지만 시리즈 스코어가 1승 2

패로 뒤처진 터라 다른 대안이 없었다.

다행히도 카를로 론돈은 1차전의 부진을 씻는 눈부신 호투로 로인 벤츄라 감독의 기대에 부응했다.

5차전에 등판한 2선발 크리스 세이도 마찬가지였다. 2경기 연속 텍사스 원정 마운드에 섰지만 흔들리지 않고 침착하게 레인저스 타자들을 요리하며 화이트삭스의 챔피언십 시리즈 진출을 확정 지었다.

덕분에 카를로 론돈과 크리스 세이의 챔피언십 시리즈 1, 2차전 등판은 물 건너 가버렸다. 카를로 론돈의 경우 또다시 사흘 휴식 후 2차전에 등판시킬 수는 있지만 7전 4선승제로 치러지는 챔피언십 시리즈에서 에이스를 벌써 혹사시킬 수는 없는 노릇이었다.

결국 로인 벤츄라 감독은 1차전과 2차전 선발로 호세 퀸타와 제이크 터너를 예고했다.

올 시즌 3선발 역할을 맡아온 호세 퀸타는 11승 8패, 평균자책점 3.85를 기록 중이었다. 화이트삭스가 자랑하는 좌완 선발 트로이카 중 가장 꾸준하다는 평가를 받고 있었다.

작년부터 선발 로테이션에 합류한 신예 제이크 터너는 올 시즌 10승 11패, 평균 자책점 4.55를 거두며 2년 연속 10승을 거두는 데 성공했다.

기복이 심하다는 단점이 있긴 하지만 작년 5선발에서 올 시즌 4선발로 올라올 정도로 로인 벤츄라 감독의 기대를 한 몸에 받고 있었다.

화이트삭스가 보유한 4명의 10승 투수 중 두 명이 선발 출격을 준비 중이었지만 전문가들은 하나같이 양키즈의 완승을 예언했다.

"호세 퀸타와 제이크 터너의 승수를 합치면 21승인가요? 하하. 하리모토 쇼타가 올 시즌 혼자 거둔 승수와 똑같네요."

"승수가 꼭 투수의 절대적인 능력을 대변하는 건 아닐 겁니다. 운도 따라야 하고 타자들의 도움도 받아야겠죠. 하지만 그 외 다른 지표로 따지더라도 뉴욕 2연전은 양키즈가 이길 겁니다. 화이트삭스가 두 경기 중 한 경기라고 가져가려면 정말 어마어마한 기적이 필요할 겁니다."

일주일을 푹 쉬고 마운드에 오른 한정훈은 초반부터 104mile/h(≒167.3km/h)의 빠른 포심 패스트볼을 내던지며 화이트삭스 타자들을 윽박질렀다.

오래 쉴수록 밸런스가 흐트러지는 터라 1회와 2회, 제구가 다소 높게 이루어졌지만, 화이트삭스 타자 중 누구도 한정훈의 공을 방망이 중심에 맞춰내지 못했다.

반면 양키즈 타자들은 호세 퀸타를 집요하게 물고 늘어졌다. 호세 퀸타가 부담이 클 거라는 걸 감안해 공을 최대한 지켜보는 작전을 펼쳤다. 그 결과 호세 퀸타의 투구 수는 4회에 100구를 넘겨 버렸다.

그렇게 5회가 지난 시점에서 점수는 4 대 0까지 벌어졌다.

"정훈을 언제쯤 내려야 하지?"

"오랜만에 등판이니까 7회까지는 끌고 가는 게 좋겠습니다."

"상황을 봐서 8회까지 맡겨도 괜찮겠지."

조지 지라디 감독이 여유롭게 말했다. 에이스를 아끼는 것도 좋지만 지금의 한정훈에게는 적당한 투구가 필요해 보였다.

조지 지라디 감독의 배려 속에 한정훈은 8이닝을 마치고 마운드에서 내려왔다. 피안타는 단 2개. 탈삼진은 무려 15개였다.

최종 스코어 7 대 0으로 화이트삭스를 제압한 양키즈는 2차전에서도 경기를 주도했다. 요하니스 페데즈와 그린 버드, 제이크 햄튼, 황철민으로 이어지는 중심 타선이 번갈아 가며 홈런포를 쏘아 올리면서 화이트삭스 선발 제이크 터너를 4이닝 만에 강판시킨 게 컸다.

양키즈 스타디움에서는 한정훈 못지않게 안정적인 투구를 펼치는 하리모토 쇼타는 2차전에서도 7.2이닝 4피안타 3실점으로 승리를 챙겼다.

본래 2실점으로 끝낼 수 있는 경기였지만 2사 3루 상황에서 구원 등판한 제이슨 슈리브가 적시타를 허용하면서 하리모토 쇼타의 실점이 늘어났다.

하지만 그 점수는 경기에 별다른 영향을 주지 못했다. 하리모토 쇼타가 마운드를 지키는 동안 타자들이 무려 9점을 뽑아주었기 때문이다.

최종 스코어 11 대 3.

양키즈가 시리즈 스코어 2 대 0으로 앞서가기 시작했다.

138장
2024(4)

이동일 겸 휴식일 내내 뉴욕 언론과 캔자스시티 언론의 관심사는 단 하나였다.

한정훈의 등판일.

만에 하나 한정훈이 4차전에 등판할 경우 이번 챔피언십 시리즈는 싱겁게 끝나 버릴 가능성이 컸다.

ㄴ한정훈이 4차전에 등판하면 캔자스시티에서 끝나는 거 아냐?

ㄴ그럴 가능성이 크겠지? 에이스 카를로 론돈을 내세워 3차전을 잡는다 해도 4차전은 한정훈이고 5차전은 하리모토 쇼타니까.

ㄴ그렇게 되면 한정훈과 하리모토 쇼타 둘 다 3일 휴식 후 등판인데 조지 지라디 감독이 그렇게까지 무리하겠어?

ㄴ로열스는 3, 4, 5차전에 카를로 론돈과 2선발 크리스 세이, 3선발 호세 퀸타가 등판하잖아. 괜히 캔자스시티 원정에서 여유 부리다가 7차전까지 가면 골치 아파진다고.

ㄴ그래도 난 양키즈 스타디움에서 월드 시리즈 진출 확정 짓는 거 보고 싶은데.

ㄴ나도 나도. 그렇게 되려면 2경기는 내줘야 하는 건가?

ㄴ무슨 바보 같은 소리야? 챔피언십 시리즈는 빨리 끝낼수록 좋다고. 월드 시리즈 2연패를 생각하면 조금이라도 체력을 아껴야 해!

ㄴ월드 시리즈를 생각한다면 한정훈을 아껴야 하는 거 아냐?

양키즈 팬들 사이에서도 한정훈의 등판 간격에 대한 논란은 끊이질 않았다.

한정훈이 4차전에 등판해 챔피언십 시리즈를 최대한 빨리 마무리 지어야 한다는 의견과 한정훈을 5차전에 등판시켜 월드 시리즈에 대비해야 한다는 의견이 거의 팽팽하게 맞섰다.

"난 오빠가 5차전에 나갔으면 좋겠는데."

모모코는 한정훈이 5차전에 등판하길 원했다. 월드 시리즈 2연패를 바라는 양키즈 팬들의 간절함을 모르는 바는 아니지만, 나흘 휴식조차 보장받지 못하는 한정훈이 그저 안쓰럽기만 했다.

"포스트시즌이니까 괜찮아."

한정훈이 애써 웃었다. 시즌 막판 조지 지라디 감독의 배려 덕분에 로테이션을 한 차례 거른 덕분에 체력적으로 큰 부담은 없었다.

그러자 하리모토 쇼타가 퉁명스럽게 입을 열었다.

"좀 쉬어라. 그래야 나도 쉬지."

한정훈이 4차전 등판을 결정하면 하리모토 쇼타는 어쩔 수 없이 5차전에 등판하게 된다.

작년 자이언츠와의 월드 시리즈와 프리미어 12를 치르면서 체력적인 한계를 절감했던 하리모토 쇼타는 챔피언십 시리즈부터 힘을 빼고 싶지 않았다.

홈에서 열린 1, 2차전은 양키즈가 승리했다. 원정으로 치러지는 3, 4, 5차전 중 한 경기만 이겨도 양키즈가 월드 시리즈에 진출할 가능성은 컸다.

하리모토 쇼타는 가능하다면 한정훈이 5차전에 등판해 주길 바랐다. 그래야만 자신도 5일을 푹 쉬고 마음 편한 양키즈 스타디움에서 6차전을 치를 수 있었다.

"결정은 감독님이 하는 거니까."

한정훈이 멋쩍게 웃으며 대답을 피했다. 사흘 휴식 후 공을 던지는 건 어떤 투수든 부담스러운 일이었다. 하지만 양키즈의 에이스로서 한정훈은 4차전에 나가고 싶었다. 그래야만 최악의 경우 7차전 등판을 준비할 수 있었다.

하지만 조지 지라디 감독은 한정훈을 5차전에 등판시키겠다는 뜻을 밝혔다.

이유는 간단했다. 한정훈이 5차전에 선발로 나설 경우 월드 시리즈 1차전까지 5일의 휴식이 주어지기 때문이었다.

조지 지라디 감독은 애당초 챔피언십 시리즈를 패배한다는 생각을 하지 않았다. 1, 2차전을 통해 상대한 화이트삭스의 전력은 솔직히 기대 이하였다. 시즌 막판까지 순위 싸움을 하느라 지친 탓도 있지만, 한정훈이라는 슈퍼 에이스 카드를 빼고 놓더라도 양키즈가 충분히 이길 수 있다고 판단했다.

그래서 조지 지라디 감독은 한정훈의 등판 일정과 관련된 모든 사항을 월드 시리즈 1차전에 맞췄다.

"한정훈이 4차전에 등판해서 시리즈가 일찍 끝나 버린다면 월드 시리즈 1차전까지 휴식일이 너무 깁니다."

"7차전 일정이 끝나고 이틀의 휴식일이 주어지니까요. 그렇게 따진다면 또다시 일주일 간격이 됩니다."

"이제 와 하는 말이지만 지난 1차전 때 한정훈은 좀 불안했습니다. 홈경기였고 화이트삭스가 한정훈에 대한 부담감을 가지고 경기에 임했으니 망정이지 조금만 침착했더라도 시리즈의 분위기는 달라졌을 겁니다."

"제 생각도 같습니다. 물론 한정훈은 조금 흔들려도 한정훈이지만 에이스가 압도적인 경기력을 보여주는 것과 마운드 위에서 흔들리는 건 엄청난 차이니까요."

"가뜩이나 이번 월드 시리즈는 원정부터 시작입니다. 한정훈이 흔들리는 걸 상대 팀이 집요하게 물고 늘어지는 걸 방지하기 위해서라도 5차전 등판이 좋을 것 같습니다."

"5차전에 등판하면 5일 휴식 후 월드 시리즈 1차전이니까요. 이번처럼 불펜 피칭을 2번 할 필요도 없습니다."

이미 2연승을 거둔 챔피언십 시리즈가 뒤집힐 가능성은 턱없이 낮았다. 한정훈과 하리모토 쇼타가 한 차례씩 더 등판할 수 있으니 설사 3, 4차전을 내준다 해도 여유를 가질 수 있었다.

하지만 월드 시리즈는 달랐다. 원정 첫 경기에서 만에 하나라도 한정훈이 무너진다면 양키즈의 2연패에 비상이 걸릴 것이다.

"좋아, 그렇게 하지."

3차전 당일 조지 지라디 감독은 한정훈을 직접 찾아가 5차전에 투입하겠다는 뜻을 밝혔다. 그러면서도 언론과의 인터뷰에서는 한정훈을 4차전에 올릴 수도 있다고 언급했다.

"우리는 챔피언십 시리즈에서 노닥거릴 마음이 없습니다.

화이트삭스는 훌륭한 팀이고 로인 벤츄라 감독 역시 리그 최고의 감독 중 한 명이지만 우리의 목표는 월드 시리즈 2연패입니다. 그건 상대가 누구라 해도 달라지지 않을 겁니다."

조지 지라디 감독의 도발에 화이트삭스는 비상이 걸렸다. 한정훈이 정말로 4차전에 등판할 경우 홈에서 3, 4차전을 잡아내고 시리즈를 7차전까지 끌고 가겠다는 계획이 무산될 수밖에 없었다.

"오늘 경기에서 불펜 투입을 최대한 아껴야 해."

"저 역시 같은 생각입니다. 내일 한정훈이 나온다면 모든 걸 쏟아부어서라도 이겨야 합니다."

"하지만 한정훈이 정말 4차전에 나올지는 아직 확신할 수 없습니다."

"맞습니다. 조지 지라디 감독의 기만술일 수도 있습니다."

"설사 그렇다 해도 다른 방법은 없어. 2패로 몰린 건 양키즈가 아니라 우리라고. 우리가 할 수 있는 일은 최선을 다해 승리를 차지하는 것뿐이야. 지금은 다른 걸 따질 때가 아니야."

로인 벤츄라 감독은 선발 카를로 론돈을 찾아가 최대한 긴 이닝을 소화해 줄 것을 부탁했다.

본래는 6차전에 투입하기 위해 6이닝 정도만 맡길 생각이었지만 내일 한정훈과 대혈전을 준비하려면 한 명의 불펜 투수라도 아껴둘 필요가 있었다.

"알겠습니다. 오늘 경기는 제가 책임지겠습니다."

카를로 론돈이 질근 입술을 깨물었다. 그렇지 않아도 팀이 2연패로 몰린 상황을 지켜만 보느라 몸이 근질근질하던 차였다.

그러나 조지 지라디 감독은 카를로 론돈이 3차전의 영웅이 되도록 내버려 둘 생각은 없었다.

"오늘 카를로 론돈은 공격적으로 나올 거야. 4차전에 한정훈이 나올지도 모르니 에이스로서 최대한 긴 이닝을 소화하려고 하겠지. 그러니까 스트라이크존에 들어오는 공은 망설이지 말고 때리라고. 오늘 경기 초반에 카를로 론돈을 무너뜨린다면 4차전에서 챔피언십 시리즈를 끝낼 수 있어!"

결과적으로 조지 지라디 감독의 작전은 통했다. 1번 타자 브라이언 리부터 시작해 6번 타자 황철민까지 1회 초에만 6타자가 연속 출루에 성공하며 카를로 론돈을 무너뜨리는 데 성공한 것이다.

뒤늦게 카를로 론돈이 볼배합을 바꾸며 급한 불을 껐지만, 경기 분위기는 양키즈 쪽으로 기운 지 오래였다.

거기에 선발로 나선 테너 제이슨까지 호투를 펼치며 첫 승을 지켜보기 위해 찾아온 4만여 화이트삭스 팬을 망연자실하게 만들었다.

"대체 뭘 하는 거야!"

"이럴 거면 다 때려치워!"

8회까지 4점의 점수 차이가 유지되자 화이트삭스 팬들의 입에서 욕지거리가 터져 나왔다. 일부 관중은 경기장을 박차고 나가기까지 했다.

상황이 이렇다 보니 화이트삭스 선수들도 좀처럼 경기에 집중할 수가 없었다.

오히려 양키즈가 9회 초에 2점을 더 보태며 점수 차이는 6점까지 벌어졌다.

최종 스코어 9 대 3.

월드 시리즈 진출까지 양키즈에게 남은 승리는 단 하나였다.

상황이 이렇게 되자 양키즈 팬들은 한목소리로 한정훈을 연호했다. 한정훈을 무리시켜서는 안 된다던 팬들조차 챔피언십 시리즈를 쓸어 담을 수 있는 기회라며 한정훈의 등판을 바랐다.

하지만 조지 지라디 감독은 경기 후 인터뷰를 통해 4차전 선발로 다나카 마스히로를 지목했다. 그러면서 지난 디비전 시리즈 때처럼 다나카 마스히로가 이번 4차전을 위해 오랫동안 준비해 왔다는 사실을 밝혔다.

ㄴ다행이야. 최악은 면했어.

ㄴ그래, 어차피 한정훈을 넘지 못한다면 1승이라도 따내자고. 4 대 0으로 깨지는 건 너무 수치스러워

ㄴ조지 지라디 감독님! 정말 고맙습니다.

ㄴ진짜 할 수만 있다면 내년에는 내셔널리그로 옮겨 가고 싶어. 그래야 이 더러운 꼴 안 보지.

ㄴ나도 마찬가지야. 오죽했으면 컵스로 갈아타야 하나 고민 중이라고.

로열스 팬들은 안도했다. 한정훈이 5차전에 나오는 이상 월드 시리즈 진출은 물 건너갔지만 최소한의 자존심은 지킬 수 있게 됐다는 의견이 많았다.

반면 양키즈 팬들은 조지 지라디 감독이 지나치게 배짱을 부리고 있다고 여겼다.

ㄴ한정훈을 믿고 저러는 거 알겠는데 이건 좀 아니잖아?

ㄴ내 말이. 상대가 누구든 전력을 다해야 하는 거 아냐?

ㄴ이럴 거면 그냥 4차전, 5차전 다 내주고 6차전에 한정훈 올려.

ㄴ다나카 마스히로가 과연 잘할 수 있을지가 걱정이야.
차전에서 화이트삭스 타선이 터지기라도 한다면 골치
진다고.

양키즈 홈페이지에서 진행된 다나카 마스히로의 4차전 선발에 대한 설문 조사에서 응답자의 47%가 부정적이라고 밝혔다. 조지 지라디 감독의 계획이 완전히 실패할 거라는 의견이 24%. 다나카 마스히로가 고전할 거란 의견이 23%였다. 조지 지라디 감독의 판단을 지지하는 의견은 고작 16%밖에 없었다.

전문가들도 조지 지라디 감독이 다소 무모한 결정을 내렸다고 말했다. 하지만 다나카 마스히로의 눈부신 호투 속에 양키즈는 4차전까지 잡아내며 시리즈 스코어 4 대 0으로 월드 시리즈에 진출했다.

[4 대 0 셧아웃! 양키즈 2년 연속 월드 시리즈행 확정!]

[양키즈, 월드 시리즈 선착. 이제 남은 건 파트너를 기다리는 것뿐!]

뉴욕은 축제에 빠졌다. 양키즈 팬들은 들뜬 마음으로 내셔널리그 챔피언십 시리즈 소식을 기다렸다.

그리고 사흘 후. 다저스가 컵스를 시리즈 스코어 4 대 2로 치고 월드 시리즈에 올라왔다는 소식이 전해졌다.

to be continued